COLLECTION FOLIO

Pierre Mac Orlan
de l'Académie Goncourt

A bord de L'Étoile Matutine

Préface
de Francis Lacassin

Gallimard

Marc Orlan est né à Péronne, dans la Somme, en 1882. Il arrive à Paris en 1899, sans argent et avec l'idée d'être peintre. Jusqu'en 1910, il connaît des fortunes diverses. Au hasard de quelques professions fragiles et mal rémunérées, il a vécu à Rouen, à Palerme, à Naples, à Florence, puis en Belgique au bord de la mer du Nord. Ce n'est qu'en 1911 que Mac Orlan pénètre dans le domaine des lettres en écrivant pour le journal *Le journal* des contes humoristiques qu'il illustre lui-même.

La guerre interrompit cette collaboration. Le 2 août 1914, l'écrivain humoriste était à Toul, soldat au 269ᵉ d'infanterie. Il revint profondément transformé par la guerre. Il écrivit alors *Le chant de l'équipage,* son premier grand succès.

L'œuvre du romancier est diverse. Mais tous ses livres sont baignés dans cette inquiétude née de ce qu'il appelle souvent le fantastique social.

La vie exceptionnelle des soldats et des marins y tient une grande place. C'est ce « climat » un peu fantastique que l'on retrouve dans *Le quai des brumes, Sous la lumière froide, La Vénus internationale, Le bal du pont du Nord, Quartier réservé, Le camp Domineau, Mademoiselle Bambù...*

Prophète, il avait senti et annoncé dans ses livres, *La cavalière Elsa,* par exemple, tout ce que serait le climat du XXᵉ siècle. Il a écrit de nombreuses chansons qu'ont interprétées Laure Diana, Germaine Montero, Monique Morelli, Juliette Gréco, Catherine Sauvage.

Depuis 1927, il était installé dans une ancienne ferme, en Seine-et-Marne, à Saint-Cyr-sur-Morin. En 1950, il fut élu à l'unanimité à l'Académie Goncourt. Il est mort en 1970.

PRÉFACE

Une *Ile au Trésor* sans trésor, sans perroquet et sans espoir

*Venue de l'île au trésor cachée au cœur de notre enfance, l'*Hispaniola *émerge des brumes du souvenir et se profile derrière* L'Etoile Matutine, *tandis que ce vaisseau, garni de soixante-dix fripouilles en quête d'un butin, erre sur les mers caraïbes entre 1720 et l'avènement du roi George II en 1727.*

*Pierre Mac Orlan, lui-même, invite au parallèle dans sa préface au chef-d'œuvre de Stevenson : « ... Cette histoire qui demeure la mère nourricière, l'*alma mater *de tous les auteurs qui utilisent ce thème pour écrire des romans d'aventure. [...] Bien des écrivains ont écrit sur la condition et les exploits des bandits de haute mer, je veux dire les pirates que personne ne comprit mieux que Robert-Louis Stevenson... »*

Mais il trace les limites de la comparaison, ou plutôt en propose une autre, en ajoutant : « ... et plus tard Marcel Schwob dans plusieurs portraits des Vies imaginaires *et des* Spicilèges. »

Dans le sillage de L'Etoile Matutine, *comme dans celui de l'*Hispaniola, *évoluent un adolescent-narrateur mêlé à des pirates, un aveugle, condamné ici et là à* *rater les assauts qu'il conduit dans sa nuit éternelle, le fantôme du vieux Flint — l'ex-capitaine du Walrus — toujours escorté du mirage de son trésor caché. Mais l'éclairage différent sous lequel Mac Orlan les place permet de distinguer les parts respectives de l'influence de Stevenson et de Schwob sur son œuvre.*

L'Ile au Trésor *offre, selon l'analyse de G.K. Chesterton*[1], *« une vision de cercueils, de potences et de sabres ensanglantés nimbés d'une céleste lumière, dans la fraîche splendeur d'un rêve ». A bord de* L'Etoile Matutine, *la cruauté prévaut sur la splendeur et le réveil sur le rêve dont les illusions se dissolvent dans la lumière froide d'une aube grise.*

Au contraire du candide Jim Hawkins fils de respectables aubergistes, l'adolescent-narrateur de L'Etoile Matutine *est un marginal vicieux, élevé (ou plutôt nourri) par de vieux vagabonds obscènes, « quelquefois au prix d'infâmes complaisances ». Les mêmes qu'il accordera plus tard à George Merry, le capitaine de* L'Etoile Matutine. *« ... Quand les souvenirs d'amour le tourmentaient et que sa voix devenait trouble, je me soumettais avec complaisance à ses désirs. » Ce jeune chenapan a pris la mer moins par goût de l'aventure que pour se soustraire à la rigueur des lois. Pour échapper au meurtre d'une fillette qui n'aimait pas sa curiosité indiscrète.*

Les attraits du sexe — interdits aux héros de L'Ile au Trésor *en raison du public auquel ce livre était destiné — viennent précipiter la déchéance de leurs collègues de* L'Etoile Matutine. *L'aveugle Meister n'aurait été*

1. *The Myth of Stevenson.*

qu'objet de pitié s'il s'était borné à partager la malchance de l'aveugle Pew dans l'assaut contre l'auberge de l'Amiral Benbow. Il devient objet de risée en égorgeant par erreur la femme qu'il aimait au lieu de celle qu'il n'aimait plus.

Nul perroquet ne vient, en complice ironique et tendre de l'aventure, lui prêter les couleurs de son plumage et la poésie de son ramage. Seul le chirurgien Mac Graw possède une chienne, entrevue le temps qu'on jette ses chiots à la mer. Souillure dont l'exécutant ne peut se délivrer que plusieurs jours plus tard en poignardant un marin hollandais sous des lauriers-roses en fleur. « Le sang d'un homme peut-il effacer le sang de quatre petits chiens ? Il est difficile d'expliquer ces caractères-là. »

Le trésor de Flint, cette fois, reste introuvable, privant l'aventure d'une conclusion heureuse dont bénéficièrent même l'unijambiste John Silver « et la fille de couleur qui attendait ce forban quelque part dans le mystère d'un port des Antilles ». Quand le récit s'achève, L'Etoile Matutine *poursuit sa course insatisfaite, sous un nouveau maître. Tandis que, sur un quai de Savannah, George Merry se balance au bout d'une corde et qu'une « toute petite fille [...] retrousse d'un geste inquiet sa jupe rose pour arroser la mandragore naissante*[2] *au pied de l'arbre patibulaire ».*

Final dérisoire et interdit de lyrisme ; il démontre combien Mac Orlan et Stevenson, au-delà des apparen-

2. Selon la légende, la mandragore naissait du sperme des pendus. Voir Gustave Le Rouge, *La Mandragore magique*, Belfond.

ces, divergent dans leur approche de l'aventure et de sa faune.

Pour Stevenson, l'aventure est une épopée au terme de laquelle les méchants sont punis, et les bons récompensés par la découverte d'un trésor. Il peint les uns et les autres avec les couleurs violentes et contrastées de la légende, quand Mac Orlan se contente du noir et du gris. « Stevenson — écrit Mac Orlan — ne loue ni ne réprouve nettement l'activité de ses héros. Il ne se complaît pas dans leur compagnie, mais il en subit la poésie sauvage et désespérée... »

S'il ne loue ni ne réprouve, il désigne explicitement à la sympathie ou à l'antipathie du lecteur le champion du Bien (le jeune et bouillant Jim Hawkins) et le champion du Mal (l'unijambiste et sournois John Silver). A bord de L'Etoile Matutine, *rien qui inspire la sympathie ou l'antipathie pour ces hommes chez qui « le mal c'était la douleur et le bien le plaisir sous ses formes les plus incongrues ». Rien qui différencie Marceau dit « L'Enfer des dames » de Pierre Mouton-Noir, l'ex-boucanier Lafleur de Moïse le mulâtre, ou le Nantais du Dieppois. Rien, si ce n'est telle particularité ou maladresse dans l'usage de la cruauté.*

Ainsi le narrateur anonyme reste-t-il un pâle voyou, et le capitaine George Merry un nom sans visage décoré d'un bel habit rouge. L'auteur signale sa pendaison sans explications ni préambules qui d'ailleurs importeraient peu. Attitude logique : pas de héros en l'absence d'épopée ; et l'aventure, pour Mac Orlan, n'est qu'un métier violent ; son exercice, parsemé de faits divers sanglants, se traduit par une existence végétative entrecoupée de saouleries et de paillardise.

L'or, suprême moyen de les satisfaire, est donc le pôle qui aimante ces divagations maritimes sans cartes, ce voyage sans romantisme et sans espoir : seule la mort — au combat ou sur la potence — permet de le conclure.

La recherche du trésor de Flint n'est plus, ici, le couronnement d'une épopée mais un expédient plus paisible que d'autres pour se procurer de l'or. Quand cette recherche devient aléatoire, on l'abandonne pour revenir aux expédients classiques : le sabre au lieu de la pioche...

Mac Orlan s'est plu à peindre cette existence anarchique jusqu'à en faire une anti-épopée, privilégiant les temps morts et non les temps forts. Jamais il ne décrit l'ivresse ou la fureur des abordages — trop de romanciers l'ont fait. Il préfère attendre que la fumée des combats soit dissipée pour en montrer les effets, souvent décevants. Café, cire, tabac, cacao et cotonnades là où d'autres auteurs auraient produit de l'or et du brocart : une piraterie qui tourne à l'épicerie...

S'il leur prête des tentatives pour sortir de leur engourdissement végétatif, c'est pour relater autant d'échecs. La mutinerie grotesque menée par un aveugle et qui tourne à la farce dans le dénouement et le châtiment. Les noces qu'une bouteille de rhum change en enterrement. La pitoyable partie de plaisir envisagée dans Vera-Cruz ravagée par la peste...

Mac Orlan ramène ainsi les pirates à leur véritable et banale dimension : des truands pittoresques englués dans une vie végétative entrecoupée de brèves joies (les filles et le rhum) payées par des rapines et des assassinats commis à basse altitude.

Il suit ainsi l'exemple fourni par La Légende des Gueux *(1891) et les* Vies imaginaires *(1896) de Marcel Schwob. En lisant les portraits que ce dernier a retouchés d'après* La Vie des pirates anglais *(1724) du capitaine Johnson, on est frappé par la modeste envergure de ses modèles. Très réduite par rapport à l'image que la légende en a transmise à la postérité. Le cinéma s'est rendu coupable de la même imposture en rehaussant, par la beauté des interprètes et l'imagination des scénaristes, la personnalité vulgaire d'un Jessie James ou d'un Billy le Kid. Qu'ils appartiennent à l'Ouest américain ou aux mers caraïbes, ces truands célèbres ne doivent leur renommée qu'à un seul mérite : l'usage intensif de la cruauté. Ce processus de sublimation de la vulgarité, Marcel Schwob l'a fixé en une formule sonore : la légende des gueux.*

Sans la maîtrise du langage d'un Schwob, sans son talent de conteur appuyé sur une érudition au service de la couleur historique, quel lecteur assoiffé de rêve s'intéresserait à l'existence hagarde du Major Stede Bonnet, « pirate par humeur », ou de Walter Kennedy, « pirate illettré » ?

Mac Orlan a compris lui aussi que, privée de ses masques et trompettes, l'aventure ne peut survivre que dans la manipulation des images et des mots. Les épisodes discontinus à travers lesquels il approche les hommes de L'Etoile Matutine *sont des instantanés, des images d'autant plus fortes qu'elles sont souvent suggérées. Charges suggestives auxquelles l'imagination du lecteur a toute latitude pour mettre le feu. En reconstituant, par exemple, l'atroce combat de dupes qui opposa sur un îlot désert l'aveugle Meister et Cadet Golo, dont*

George Merry disait — mais c'était faux — qu'il lui avait crevé les yeux. L'auteur, avec un laconisme éloquent, en livre le résultat. Le vrai aveugle « agenouillé devant la source murmurante [...] écoutait le bruit de nos pas, ses yeux blancs tournés dans notre direction ». Et à cent mètres de là, le squelette du faux aveugle. « Il grinçait des dents au soleil. Un couteau rouillé était fiché dans le sol à quelques mètres du cadavre. Nous vîmes alors que son crâne était fêlé comme une vieille poterie. »

Ces mêmes hommes sans pitié, l'auteur les laisse s'attendrir en se passant de main en main une miniature tachée de sang. Le temps d'un regard, le visage de femme qu'elle représente prend au gré de chacun les traits de la femme qu'il aurait pu épouser. « Les uns et les autres nous baignions dans une grande douceur et nous nous laissions aller à la dérive sur le fleuve tiède de nos souvenirs. » Bref accès de romantisme ; l'un d'eux y met fin, au soulagement général, en lançant « le portrait dans l'eau transparente de la baie ».

A une autre occasion encore, ces personnages de faits divers échappent à l'auteur pour devenir des personnages de roman. C'est après une entrevue décevante avec leur ex-collègue Spencer, reconverti en aubergiste apeuré par son passé. « Nous marchâmes longtemps sur les pavés pointus de la rue et des quais sans mot dire. Le vent de la mer secouait les enseignes des boutiques où l'on vend des articles précieux pour les navigateurs. Des femmes équivoques sortaient de l'ombre où l'odeur du goudron flottait entre deux coups de vent.

« Le dégoût des choses pesait sur mes épaules et je dis à Mac Graw :

« — *Nous sommes seuls, seuls sur la terre, mon pauvre vieux Mac.*

« — *Spencer aussi est seul sur la terre, répondit Mac Graw.* »

Sans pitié, sans romantisme, sans espoir... mais pas sans lyrisme. Ces orphelins de la société, ces enfants perdus de la mer ont inspiré à Mac Orlan une épopée de la pègre exotique où les coups de sabre laissent sourdre une poésie sauvage et violente. A bord de L'Etoile Matutine *a fait de Pierre Mac Orlan le Goya des gueux de la mer. Peu de critiques ont su discerner les qualités de ce maître livre et apercevoir dans cette âpre suite d'eaux-fortes autre chose qu'une pâle imitation de Stevenson ou qu'une sous-épopée aux couleurs éteintes.*

A bord de L'Etoile Matutine *est pourtant — avec* Sous la lumière froide, Mademoiselle Bambù *et la* Chronique des jours désespérés — *l'un des chefs-d'œuvre de Pierre Mac Orlan. C'est l'une des deux œuvres — avec* Mademoiselle Bambù *dont la genèse s'étend de 1932 à 1950 — qu'il n'a cessé de remodeler et de polir pendant des années au fur et à mesure que mûrissait sa pensée.*

La rédaction de A bord de L'Etoile Matutine *a connu cinq étapes. Le livre paraît pour la première fois, dans une édition de luxe à tirage restreint, aux Editions Crès, en juillet 1920. Mais le noyau de sa substance a été livré au public dès février 1919.*

A cette date, l'auteur a publié à La Renaissance du Livre un roman, La Clique du Café Brebis, *suivi de textes qui seront écartés des rééditions suivantes. L'un d'eux s'intitulait* A propos d'un bâtiment de huit canons acheté trente francs chez un brocanteur. *Il comprenait quatre sections correspondant aux chapitres V, VIII, XIV et XIX de l'édition définitive.*

A ceux-ci, l'édition originale parue chez Crès en juillet 1920 ajoutera une Introduction *(attribuée au héros-narrateur) et sept chapitres inédits, renumérotés I, II, III, IV, XI, XII et XX dans l'édition actuelle.*

En juin 1921, nouvelle édition « courante » chez Crès. Elle contient en édition originale un cycle de nouvelles, La Chronique des temps désespérés. *Il figure à la suite de* A bord de L'Etoile Matutine *et en sera détaché pour connaître une existence autonome dès 1927. Le texte proprement dit de* A bord de l'Etoile Matutine *est augmenté des chapitres actuels VI, IX, XIII, XVI, XVIII. Le chapitre IX, l'un des meilleurs du livre, a paru sous forme de nouvelle, intitulée* La Peste, *dans* La Nouvelle Revue française *du 1er février 1921. Les autres ont fait l'objet d'une publication pré-originale dans le quotidien* Le Journal *entre septembre 1920 et mars 1921.*

En 1934, A bord de L'Etoile Matutine *entre dans le fonds Gallimard. C'est l'occasion pour l'auteur de l'enrichir des chapitres actuellement numérotés VII, X, XV et XVII. Le chapitre VII, après sept paragraphes inédits, reproduit le texte de* Jean-Rose Archer, Frère-de-la-Côte *extrait du recueil* La Croix, l'Ancre et la Grenade *(1932). Le chapitre XV avait paru le 4 août 1933 dans la revue* Les Annales *sous le titre* L'Ile de Grâce.

L'auteur devait encore parfaire son œuvre en lui ajoutant deux pages de notes à la faveur d'une réédition par le club Les Compagnons du Livre en 1949. Il ne paraissait pas avoir renoncé à la possibilité d'enrichir un livre auquel — les versions successives en témoignent — il attachait une certaine importance. Vers 1955, il avait rédigé au verso de papiers à lettres du quotidien Paris-Presse *un épilogue inédit demeuré à l'état de brouillon*[3].

Depuis 1920, A bord de L'Etoile Matutine *a connu treize éditions successives, la dernière étant représentée par la collection Folio. L'importance de ce livre n'est donc pas demeurée inaperçue des lecteurs.*

Il marque d'abord un tournant dans l'inspiration et dans la carrière de Mac Orlan. Sa réputation était jusqu'alors fondée sur des recueils de contes et des romans marqués d'un humour novateur aux antipodes de l'humour gaulois (Le Rire jaune, La Maison du retour écœurant, Les Pattes en l'air...) *et sur un roman d'aventures modernes contées sur le mode ironique :* Le Chant de l'équipage.

A bord de L'Etoile Matutine *marque plus qu'une transition entre l'aventure ironique du présent et l'aventure amère du passé. C'est un creuset dans lequel la sensibilité de Mac Orlan transmutera les influences de R. L. Stevenson, Marcel Schwob, Daniel de Foe (en particulier les premiers chapitres du* Colonel Jacques*), François Villon (le jargon et la poésie de la crapule), et enfin Rudyard Kipling, pour le détachement laconique avec lequel il traite l'événement le plus tragique.*

La chronique de ces gentilshommes de fortune, ou plutôt d'infortune, est aussi le point de départ d'une réflexion exprimée de façon humoristique, la même

3. On le trouvera dans les documents annexés à la présente édition.

année, dans Petit Manuel du parfait aventurier. *Selon cette réflexion — l'auteur la développera dans deux autres histoires de pirates,* Les Clients du « Bon Chien Jaune » *et* L'Ancre de Miséricorde *—, l'aventure est dans l'homme. Elle ne procède pas des événements, mais du rêve de celui qui croit la poursuivre.*

Analyse ainsi réitérée dans la préface de L'Ile au Trésor *dont l'auteur était — si l'on emploie la terminologie du* Petit Manuel du parfait aventurier *— un aventurier passif. « L'aventure était pour Robert Louis Stevenson comme ce fut pour Thomas de Quincey* (De l'assassinat considéré comme un des beaux-arts), *un film extrêmement secret déroulé dans la chambre close de la pensée. Ce mot ne présentait pas de signification pratique : ce n'était qu'un aspect de la poésie violente dans le monde anarchique des rêves. »*

Par la sublimation de l'insignifiance et l'évocation poétique de la pègre, A bord de L'Etoile Matutine *est la démonstration au passé de ce que Mac Orlan va appeler le « fantastique criminel », adaptation du merveilleux aux structures mentales de la société industrialisée.*

Ce « fantastique criminel », lorsque son inventeur le transposera dans la réalité moderne de la France de l'entre-deux-guerres, apparaîtra lui-même comme la composante d'un nouveau phénomène socio-littéraire. Ce phénomène que Mac Orlan captera aussi bien dans ses poèmes (L'Inflation sentimentale, Simone de Montmartre, Fêtes foraines) *que dans ses romans* (Le Quai des brumes, La Cavalière Elsa, Mademoiselle Bambù), *ses essais* (Masques sur mesure, La Lanterne sourde) *ou ses chansons, est désormais connu grâce à lui comme « le fantastique social ».*

Livre tout effervescent d'inventions et de promesses, A bord de L'Etoile Matutine *est la clé de l'univers socio-romanesque de Pierre Mac Orlan.*

Francis Lacassin

A bord de L'Étoile Matutine

A FERNAND FLEURET

POÈTE ET CAVALIER FRANÇAIS

En témoignage d'amitié
P. Mc. O.

INTRODUCTION

C'est Mac Graw, le chirurgien de L'Etoile Matutine *qui m'apprit l'art de conter mes souvenirs. Aujourd'hui que je le sais pendu au quai des Exécutions, à Londres, je rends hommage à sa clairvoyante amitié.*

Mac Graw disait : « Cherche en toi-même l'absolution de tes crimes et la rédemption de tes péchés. »

C'est en écrivant sincèrement ce que l'on pense de sa propre vie que l'on obtient le pardon. En racontant mes aventures, maintenant qu'elles sont écrites et formulées définitivement sur le papier, je pense avoir débarrassé mon âme de tout ce qui pouvait m'inquiéter. Mes crimes et mes fautes, ceux et celles de mes pauvres camarades, les gentilshommes de fortune, sont ici déposés dans ce petit livre fermé comme un coffre dont chacun possède la clef.

Rien de ce que nous fûmes ne nous appartient plus. En mettant le point final à la dernière page de ce manuscrit, j'ai senti que j'étais un autre homme et que je pouvais regretter ce passé comme ne m'appartenant pas.

En relisant l'histoire de ma vie, j'éprouve comme le

regret de cette belle existence qui n'est plus la mienne, mais celle d'un personnage enclos dans un livre.

Pour cette raison, je naviguerai et je recommencerai une nouvelle vie d'aventures semblable à la première afin d'effacer ces images quand le moment sera venu. Ainsi j'abandonnerai ma vieille peau sur les pages d'un nouveau livre comme la couleuvre laisse la sienne sur les pierres plates du fossé.

Mac Graw disait encore : « La vie des hommes qui vont droit devant eux, renaîtraient-ils dix foix en dix mondes meilleurs, serait toujours semblable à la première. Il n'y a qu'une façon d'aller droit devant soi. »

Nous allions droit devant nous sur la mer, et, quand une voile d'étai nous cachait ce qu'il nous fallait voir, nos couteaux trouaient la voile, car jamais nous n'aurions eu la pensée de nous baisser à droite ou à gauche.

Pour cette raison, les principaux hommes de ma bande furent tués, quelques-uns pendus et, pour cette raison encore, je suis vieux et vivant, dans un port de l'Europe, entre un perroquet vert qui m'insulte et une fille de Covent Garden qui me gruge. J'aimerai l'oiseau jusqu'au jour où je tuerai la fillette et j'aimerai Nancy jusqu'au jour où j'étranglerai mon oiseau vert.

I

Quand j'étais enfant, je couchais dans les carrières, auprès d'un petit village, au bord de la Côte. Le nom de ce village n'est plus dans ma mémoire. Je n'avais ni père ni mère ; je vivais avec de vieux hommes obscènes et je me nourrissais au hasard, quelquefois au prix d'infâmes complaisances.

Les vieux inconnus se réunissaient dans une carrière abandonnée et, là, dévoraient ce qu'ils avaient pu récolter. Ils grattaient leurs plaies, parlaient de leurs maladies et ravaudaient leurs nippes. Je ne me rappelle le nom d'aucun de ceux qui composaient cette société. Un jour, un vieillard tomba dans un piège à loups et je crois bien qu'on le mangea. Je ne pourrais pas l'affirmer. En dehors de cet homme mort, encore ne puis-je certifier le fait, nous ne mangeâmes plus de chair humaine. Mais nous mangions tout ce qui remuait autour de nous : des mulots, des rats, des lézards, des grenouilles et des insectes aussi. Les vieillards étaient vifs à cette chasse ; leurs mains se détendaient comme un trait d'arbalète. Ils faisaient cuire les lézards sur des petits feux de branchages, et quelques-uns comparaient ce mets avec d'autres mets dont le nom même m'était inconnu.

Nous mangions également des racines que l'on épluchait avec un couteau. Puis, certains jours, du pain dur que l'on mettait dans de l'eau bouillante où l'on avait fait cuire un corbeau dépouillé de sa peau, qui est amère.

A douze ans, j'avais mangé de tout ce que les hommes n'avaient jamais mangé, mais j'ignorais la nourriture des autres hommes et comme je vivais loin des villes, je ne désirais rien.

Un jour, je pouvais avoir quatorze ans, je vis une fille, au détour d'un bois, près d'un champ où je guettais des corneilles.

Elle était jeune. Elle pouvait avoir une quinzaine d'années. C'était une paysanne avec une figure fraîche et commune, de beaux cheveux blonds coiffés d'un bonnet d'une extrême blancheur.

Mon imagination ne me permettait pas de la comparer à une princesse mais, telle qu'elle était, elle me parut d'essence divine. Je pris une corneille que j'avais tuée avec ma fronde en me plaçant devant elle pour lui barrer la route, je lui mis l'oiseau mort dans les bras.

— Tiens, dis-je, c'est pour toi.

Et je pris ma route à travers champs.

Quand je rentrai à la carrière, les vieillards se querellaient avec des gestes menus et puérils.

— C'est ma place... cette place est la mienne...

— Tu mens, chien !

— Ma place, je renie Dieu !

Un coup de bâton claqua sur une tête sèche.

Le vieillard gémit ainsi qu'un enfant et céda la place.

Le sang ruisselait sur sa face assommée. Il mourut dans la nuit.

Et moi, couché dans un angle obscur, je pensais à cette belle fillette dont l'étonnante fraîcheur me paraissait indéfinissable. En vérité, je n'avais jamais vu de fille aussi jeune et aussi bien portante.

Le lendemain, à la corne du bois, j'attendais la fille. Elle passa sans tourner la tête. Le jour suivant, elle marcha vers moi délibérément. Elle portait de la soupe dans une petite terrine surmontée d'un couvercle. La soupe était encore chaude. Je me jetai sur la nourriture que je fis disparaître en claquant la langue comme un chien.

Chaque jour, ma nouvelle amie passait devant le bois. Elle m'apportait tantôt de la soupe, tantôt du pain et du lard, des noix et du fromage dur recouvert de foin.

Il arriva qu'une fois, les conversations des vieillards ayant troublé mon imagination en lui donnant un but précis, j'attendis la fillette, avec impatience, sachant ce que je voulais faire.

Quand elle vint m'apporter du pain et du lard — la plaine déserte jusqu'à l'horizon favorisait mes désirs — d'une main je la pris rudement par un bras et de l'autre je voulus soulever ses jupes.

Elle cria et, subitement, sa figure devint laide de peur. Une colère formidable m'enflamma le visage. Je bondis sur la fille comme sur une proie, m'appliquant à l'étrangler selon les lois de la chasse. Quand elle fut immobile entre mes mains, j'ouvris les doigts et la paysanne, molle et lourde, tomba sur l'herbe.

Alors, relevant ses jupes, je pus satisfaire ma curiosité. Je vis pour la première fois comment une femme était faite. La fille était jeune et grasse, mais rien ne m'expliqua le mystère de cette différence merveilleuse entre elle et moi.

— Maintenant je n'aurai plus de soupe, pensai-je. Je revins aux carrières, et, naturellement, je racontai ce qui s'était passé au vieillard qui partageait son lit de feuilles sèches avec moi.

L'homme jeta un glapissement et réveilla les dormeurs.

— Ce bandit a tué une fille du village. Qu'allons-nous devenir ? Le malheur est entré parmi nous avec lui !

Cependant qu'ils discutaient dans l'obscurité sur la nécessité de me livrer à la maréchaussée, je pris le parti de fuir.

Et je courus droit devant moi, vers la mer. Je galopais sur la terre gelée.

Ce n'est que par la suite, bien plus tard, après avoir lu des livres, que cette aventure revint à ma mémoire avec sa véritable importance. C'est-à-dire qu'à cette époque j'eus la révélation d'avoir commis un crime et, par ainsi, d'être, en la fleur de mon âge, débiteur du gibet, pour une valeur qui ne dépassait pas ma propre existence.

II

Quand je pense à la misérable bêtise de mon enfance, le sang bourdonne à mes oreilles et mon cœur bat plus vite. Les enfants sont-ils, ainsi que j'étais, des créatures sottes, incapables de choisir entre ce qu'il faut détruire et ce qu'il est bon de respecter. Je ne sais. D'autres enfants que j'ai vus ne tuèrent pas la fille qu'ils aimaient et qui leur donnait du pain, mais ils sacrifièrent les petites bêtes domestiques offrant leurs caresses ingénues. Lorsque sonnera l'appel des trompettes angéliques, dites-moi qui l'emportera devant les juges, du jeune enfant nu, traînant au bout d'une corde ses grenouilles éclatées et son petit chat étranglé, ou du farouche gentilhomme de fortune et son cortège burlesque de victimes humaines ?

En vérité, nous étions cruels, cruels comme de grands enfants.

Je restai, jusqu'à quinze ans, ainsi que les petites bêtes encore aveugles, dans la nuit. Et c'est à Brest que j'ouvris les yeux à la lumière du monde, dans un cabaret où j'aidais aux servantes.

Là, j'entendis parler un soldat mécontent. On

l'appelait Muguet. C'était un homme lourd avec des jambes courtes et de gros mollets enfermés dans des bas mal tirés. Il appartenait à un bataillon d'infanterie et servait comme fusilier sur la frégate *La Murène.* Comme les soldats couraient la grande bordée ainsi que les équipages pour servir aux manœuvres basses pendant la navigation, Muguet servait à la manœuvre haute des voiles et gagnait dans ce service un supplément de solde de trois livres par mois. Il jouissait d'une certaine aisance et payait facilement un broc de vin.

L'auberge où j'aidais à laver la vaisselle, à fendre du bois et à tourner la broche, s'ouvrait sur une petite rue, près de l'arsenal. A l'enseigne du *Brûlot Fournier* se réunissaient des matelots, des officiers mariniers et les bas officiers du bataillon d'infanterie embarqués sur les bâtiments de l'escadre.

Tous ces gens buvaient leur paie et chantaient avec des filles. Quand ils ne buvaient pas, ils demeuraient tristement la tête appuyée entre leurs mains devant une bouteille. Ils n'ouvraient la bouche que pour parler des misères de leur métier et des avantages de courir la grande bordée. D'autres disaient leurs aventures au-delà des mers, dans les terres promises de l'Amérique, mais tous gardaient le respect de la discipline. Aux heures de saoulerie, ils chantaient avec mélancolie à la manière des Bretons. J'entendais les voix aiguës des filles qui vrillaient la chanson des matelots, comme des éclairs dans la nuit suffocante.

En marge de cette vie charmante, je plongeais le bras à nu dans un baquet d'eau sentant l'aigre. De temps à autre, un matelot ivre pénétrait en titubant dans la cour et lâchait de l'eau en appuyant son front contre le mur ; il rentrait dans la salle chaude en tâtonnant pour retrouver la porte.

L'opération qui consiste à laver des brocs et des bouteilles laisse l'imagination libre. Les limites du monde, que je pouvais concevoir, ne dépassaient guère la rue malpropre et la salle dorée du cabaret où la fumée des pipes à pétun enveloppait les visages de mystère.

Parmi les clients de mon patron, dont le nom n'est plus dans ma mémoire, j'avais remarqué, outre Muguet, le soldat que l'on appelait la Candela, un nommé Pélisson, qui avait été autrefois écrivain sur une galère de Toulon. C'était un petit vieux soigneusement rasé. Les douleurs le contraignaient à traîner la jambe avec l'allure spéciale des porteurs de chaussettes, qui sont les chaînes séparées pour l'accouplement des forçats.

— Quand j'étais écrivain sur la réale, disait-il, j'habitais avec le comite dans la chambre de mieje. Je gagnais douze écus par mois. Pour cela, je faisais la provision et la dépense, et je gagnais encore douze écus. J'ai toujours cru qu'un jour viendrait où je pourrais tenir une auberge à mon compte. J'ai navigué toute ma vie dans l'espoir d'acheter une auberge. Voilà.

— Alors tu n'as pas acheté ton auberge ? demandaient les soldats.

— C'est-à-dire qu'une fille que j'ai rencontrée à Malte, quand j'ai abandonné ma charge, se mit en ménage avec moi. Elle était blonde et juive ; son père avait été brûlé par la Sainte-Inquisition. Moi, n'est-ce pas...

On ne l'écoutait plus. Les soldats et les matelots parlaient d'autre chose. Le vieil écrivain hochait la tête, payait, ouvrait la porte, tâtait le brouillard avec sa main et disparaissait.

Moi, j'étais au chaud dans la grande salle et je regardais ces messieurs avec des yeux merveilleusement ouverts. Parfois, une fillette de la maison, Marion la Penerez, m'adressait la parole en riant. Elle me pinçait les jambes quand je portais les verres. Un jour, elle me fit boire dans le sien. L'écrivain était à ses côtés. Je l'entendis murmurer : « Donne-lui rendez-vous ! » La fille sourit sans répondre. « Donne-lui rendez-vous ! » répéta Pélisson. Et Marion leva les épaules. Et l'écrivain me dit : « Le patron n'est pas là, bois du vin et assieds-toi. » Marion se rapprocha de moi sur le banc. Quand je sentis sa jambe frôler la mienne, j'eus un mouvement de recul. « Je te fais peur », dit la fille... Elle se tourna vers son compagnon : « Ça ne sait pas, ça n'a jamais vu de femmes. »

— Tu mens, dis-je à Marion, et ma voix tremblait de colère. Tu mens, je sais ce que c'est. J'ai déjà vu une fille sous ses jupes.

— N'eoket guir (ce n'est pas vrai), fit Marion avec mépris.

Elle se leva en titubant et me tendit un verre...

— Tiens, bois, mon mion, c'est du vin.

Muguet venait d'entrer, il s'assit à côté de Marion, et son épée rabota le banc.

— Je sais ce que c'est qu'une fille, entends-tu, Marion ?

Et je lui racontai l'histoire du bois et de la paysanne que j'aimais et que j'avais tuée par curiosité.

— Qu'est-ce que c'est que ce mion, que ce mion ? répétait Marion comme étonnée.

Alors l'écrivain me tapota la joue d'un geste familier. Il regardait Muguet. J'aurais voulu qu'il me parlât et j'ajoutai, hostile :

— Hé quoi, je n'ai rien fait de mal.

— Tais-toi, fit la fille. — Puis elle ajouta : — Il faut venir icicaille pour entendre cela.

Quand le patron fut de retour, il m'envoya laver mes bouteilles dans la cour.

Ma grande colère n'était pas calmée. Je parlais tout seul. Une force immense gonflait ma poitrine !

Ah non, je ne regrettais rien, non vraiment ! mais j'étais inquiet, vaguement, du peu de succès de mon récit devant cette putain et ces hommes rudes.

Dans la cour, Muguet vint me retrouver pour uriner, selon son habitude, contre la muraille. En me tournant le dos, il me dit : « Que veux-tu faire ? tu ne peux pas rester icicaille... réponds, nom di Diou. »

— Pourquoi ?

— Tu ne peux pas rester ici, tu vas naviguer avec moi, avec l'écrivain. Demain je te ferai connaître Mac Graw, nom di Diou ! C'est pour ton bien.

— Oui, Muguet, dis-je enthousiasmé, oui, j'irai courir avec vous la grande bordée, comme les autres. Et puis j'achèterai une auberge avec l'argent du Roi.

— Oh, le Roi !... fit Muguet en rajustant sa braguette.

III

La neige tombait sur la lande déserte. Au loin on entendait la mer se briser sur les récifs de la côte. Mille canons tonnaient au large, vers la mer, et le cri aigre des mouettes annonçait une épave nourricière.

Muguet, dit « la Candela », marchait le premier et je le suivais devant Pélisson qui éclairait notre route avec une lanterne.

La monture de fer de la lanterne dessinait sur le sol une croix de Saint-André gigantesque, et nos ombres s'allongeaient comiques et funèbres, effleurant les ajoncs poudrés de blanc et la neige dure, où elles ondulaient selon les caprices du sol.

La neige fouettait nos figures rougies par les embruns et nos yeux pleuraient.

— Nom di Diou ! jurait Muguet en se signant de sa main libre.

Toute la bande tourbillonnait dans la neige. Toutes les routes de la terre étaient effacées. Nous marchions tous les trois à la lueur trouble de notre lanterne ; nous marchions vers un point précis de la Côte qu'il nous fallait atteindre avant la première heure du jour. Nous marchions vers une autre petite lumière balancée par les vagues puissantes, la lumière de *L'Etoile Matutine,* perchée dans la gabie, où frissonnait un matelot aux doigts bleus.

— Tu verras Mac Graw, hoquetait Pélisson, tu prêteras serment sur la Bible, tu verras George Merry et tous ceux des Antilles. Et peut-être verras-tu Mon-Seigneur, un vrai gentilhomme, un ancien garde du pavillon de l'Amiral.

— Il portait toujours un habit bleu, sa culotte et ses bas rouges, répondit Muguet, plié en deux pour offrir le fond de son tricorne aux rafales coupantes.

— Tu verras, continua Pélisson... nom di Diou ! je ne vois plus rien... et le falot, nom di Diou ! est mort...

Tous trois nous restâmes immobiles sous la neige, serrés l'un contre l'autre. La mèche grésillait dans la lanterne.

La mer s'était calmée. Au loin il nous sembla entendre la délicate harmonie des hautbois et des flûtes. Pélisson tremblait de tous ses membres et le Muguet claquait des dents.

C'était en vérité comme un chant de hautbois et de poulies grinçantes associés quelque part vers la mer. Au ciel noir, une seule étoile s'alluma.

— La Croix du Sud ! murmurèrent, pour eux-mêmes, mes deux compagnons.

Et Pélisson, agenouillé dans la neige, se mit à réciter une prière.

Muguet, en s'agenouillant, me contraignit à l'imiter.

— *Laudato sia lo nome de lo bon Giesu,* pleura Pélisson.

— *Amen,* répondit Muguet.

La voix de Pélisson devint celle d'une petite fille.

— *Et vous autres, seigneurs marinari fariens priguière à Dieu et à Madone Sainte-Hélène, que Dieu vous mande la bonne sere mesi lou Patron, mesi lou nochier, et tutti quanti la voustre valenti compagnie da poupe à proe.*

— *Ave Maria per nave,* pleura Muguet.

Et le vent dissipa les hautbois du malheur. Nous prêtâmes l'oreille.

— Tu n'entends plus rien, fit Pélisson.

Je tendis l'oreille.

— C'est fini, répondit Muguet en se relevant.

— Alors reprenons notre route, déclara Pélisson, le malheur chasse au large. Cette oraison est la meilleure de toutes. Quand on a couru la grande bordée sur les galères de Toulon, on sait qu'il n'est jamais vain de lui accorder sa confiance.

— Tu l'inscriras sur un morceau de papier pour le mion, fit Muguet.

Nous nous rapprochâmes de la côte. L'oraison avait calmé la tempête et la neige. Au loin, dans la gabie de *L'Etoile Matutine,* une lumière jaune brillait faiblement.

Pélisson siffla dans ses doigts en s'avançant vers la mer.

— Attention aux trous, prévint Muguet.

Un autre coup de sifflet répondit du bateau, dressé tout noir contre le ciel pâle, avec des cordages fins comme des cheveux.

Une lumière courut sur le pont et j'entendis

donner des ordres dans une langue que je ne connaissais pas.

— C'est George Merry, me dit Muguet.

George Merry tenait un falot à bout de bras à l'avant d'un petit canot qui nageait vers le rivage. Il éclairait la route choisie par mes deux camarades pour me permettre d'acheter la petit auberge où toutes les ressources de ma paisible imagination se réunissaient afin d'y réaliser le bonheur.

IV

Le contremaître s'appelait Pitti. C'était un ancien marinier de Toulon que le jeu du couteau avait conduit aux galères. Il avait longtemps égratigné l'eau méditerranéenne avec sa rame, parfois, les jours de fête, au son des trompettes et hautbois, dont ses camarades plus fortunés tiraient des sons assez agréables à ouïr sur l'eau, au crépuscule de la nuit.

Grâce à la complicité d'un compagnon appointé à une pistole par mois, il réussit à s'évader, à gagner l'Afrique et, de hasard en hasard, *L'Etoile Matutine,* où ses robustes qualités furent appréciées par Merry.

Avec un ancien soldat des gardes-françaises, nommé Marceau, un boucanier qui avait connu Raveneau de Lussan, le Nantais, Anselme Pitti et moi-même, nous étions, je crois, les seuls Français à bord. L'ancien boucanier s'appelait Lafleur ; nous étions les cinq fanandels, comme il disait, cinq fanandels de même origine, sans souvenirs communs. A cette époque, je ne pouvais m'exprimer en anglais. Pour cette raison, je recherchais l'amitié de

Lafleur, du Nantais, de Marceau et de Pitti. Plus tard, je devins l'ami de Mac Graw. Je pris l'habitude de penser comme Mac Graw, car celui-là était un homme né pour mon admiration. Je copiais ses gestes familiers et, par la suite, sa manière de réagir devant les êtres et les choses s'exprima souvent par ma bouche.

C'est Pitti qui m'apprit le métier et me fit connaître le jeu compliqué des cordes et des antennes le long des arbres. Avec lui, je rangeais le butin dans l'estive, et chaque soir, j'allumais la lampe au-dessus de la gigeole qui est une petite armoire où la boussole est enfermée.

Quelquefois, je montais dans la gabie à l'arbre de maître, et je regardais l'horizon à côté du Nantais, épiant les voiles gonflées et les prémices émouvantes de la capture.

Au service de George Merry, mon adolescence fut celle d'un Ganymède sournois et soumis.

Je le servis à table. Et quand les souvenirs d'amour le tourmentaient et que sa voix devenait trouble, je me soumettais avec complaisance à ses désirs.

Et ces étranges services appartenaient à mon rôle de mousse. Personne ne songeait à me les reprocher. Je ne fus jamais efféminé. Ma jeunesse était robuste et brutale, et je ne connus le bien et le mal que par l'enseignement de mes instincts. Le mal c'était la douleur, et le bien le plaisir sous ses formes les plus incongrues.

Egalement, je concevais le bien et le mal par rapport à *L'Etoile Matutine* et à la partie commune que nous devions jouer jusqu'à la mort, à la manière des gentilshommes de fortune.

La mer développa les ressources, au début assez faibles, de mon imagination. Elle me tourmenta fortement les premiers jours et je dus lutter contre elle ; et, plus tard, malgré ses aspects toujours imprévus, je la considérai de même qu'un cadre naturel à mes actions et à mes pensées, comme je considère, en écrivant, la chambre de Nancy et mon perroquet vert mordillant son perchoir.

Autrefois, quand sur la jetée, à Brest, je contemplais la grande mer éternellement balancée, je tâchais avec mes pauvres images à reconstituer l'autre rive. Je peuplais cette rive d'êtres imprécis et de richesses puériles. La mer constituait pour mon entendement la séparation entre le réel et le royaume de l'imagination.

Quand en traversant la mer, je fis connaissance avec les merveilles de l'autre rive, je ne conservai plus qu'un goût violent pour les réalités agréables. C'est ainsi que je connus la dure et farouche aventure, saturé de misères, pour l'amour d'une fille de Caracas ou de la Vera-Cruz, un amour de dix jours, partagé avec les joies enfantines de l'alcool.

La mer ! Les poètes que j'ai lus la comparent à je ne sais quoi, selon l'excellence de leur éducation et la puissance de leurs crises, mais, pour moi, c'était la grande route suivie par la vieille *Etoile Matutine* et quelquefois un carrefour, où des navires bondissants crachaient leur mitraille, où le bruit des pièces de huit semblait tout d'un coup ridicule, dans le grand silence du ciel illimité et de l'eau sans horizon.

Je n'ai rien vu de si petit, de si mesquin, de si pauvre et de si disproportionné qu'un combat entre deux vaisseaux de ligne. Le cadre était trop grand pour l'action.

La mer nous terrifiait quelquefois, quand *L'Etoile Matutine,* secouée par les démons hurlants de la tempête, perdait sa dignité de schooner.

Mais, le calme revenu, vidant par-dessus bord les prélarts remplis d'eau et d'écume, nous crachions sur les petites vagues lourdes et clapotantes, le long des flancs du bateau.

Alors, je léchais mes avant-bras écorchés par les cordes, et George Merry, son tricorne rejeté en arrière sur son bonnet de soie noire, tirait sa pipe à tabac et fumait comme un calme savetier à la porte de son échoppe.

La mer n'existait plus. Elle nous enveloppait et nous ne lui donnions pas un regard. La vieille aïeule ne valait d'être considérée qu'au jour où le matelot de la gabie signalait au large les lourds galions espagnols, chargés d'or et de soldats barbus à la peau verte.

O Mer Océane ! Certains voyaient en toi une tombe transparente et impénétrable aux regards. Mais tu n'étais, vieille étendue d'eau mugissante, mer des tropiques, que notre instrument de travail, l'établi de l'artisan parachevant son chef-d'œuvre, notre mer indispensable à l'action des hommes groupés sous le pavillon noir. Mer, tu gardes la dépouille de mes amis, matelots dont la mort fit des pantins détraqués et comiques ; au fil de tes mystérieux courants, tu charries le cortège des noyés sans énergie ; au clair de lune, tu bafoues les corps déchiquetés de ceux que tu nourrissais, mer, force sans passion, avec ton grand serpent décoratif que l'on revoit de siècle en siècle !

O mer, belle par la Croix du Sud, la haute mâture et le fifre funèbre du *Hollandais Volant,* les inquiétants auxiliaires de la légende marine dont les matelots et les gentilshommes de fortune parèrent les déserts arides de ton immensité gémissante !

V

Le 10 octobre 1720, comme nous longions la côte septentrionale de la Jamaïque, nous aperçûmes un sloop ancré dans la baie de Dry Harbour.

Selon l'usage des gentilshommes de fortune, George Merry donna l'ordre de hisser le pavillon noir. Nous ne risquions rien à détromper le sloop sur notre qualité, et la seule apparition de cette étamine funèbre donna les résultats que nous étions en droit d'espérer : deux hommes qui se trouvaient sur le sloop sautèrent dans un canot amarré à l'arrière et se hâtèrent de gagner le rivage, où nous les perdîmes de vue.

Alors George Merry se fit conduire à bord du sloop. Il était accompagné de son contremaître, que l'on appelait Pierre Mouton-Noir, et d'un matelot dieppois que nous avions enrôlé dans la Caroline du Nord, tandis que nous fréquentions la rivière de la province de l'Amitié.

A la tombée de la nuit, Pierre Mouton-Noir et le Dieppois ramenèrent le canot à bord de *L'Etoile Matutine.* Nous les aidâmes à embarquer ce qu'ils avaient pu trouver sur le sloop. Le butin était en vérité assez chiche ; mais si l'on tient compte du peu d'efforts qu'il nous avait coûté, nous l'accueillîmes avec satisfaction. Il faut dire également que notre dernière course avait été mauvaise, la fortune ayant abandonné les plis de notre pavillon.

George Merry resta à bord du sloop cette nuit-là, puis la journée qui suivit cette nuit. Quant à nous, rassemblés sur le tillac, nous nous partageâmes les marchandises du bâtiment, c'est-à-dire plusieurs pièces d'indienne, du café, de la cire et du tabac. Ce fut le contremaître qui se chargea d'évaluer les parts et de les distribuer. Ensuite nous nous mîmes à raccommoder les prélarts qui recouvraient nos canons.

Devant nos yeux, le sloop pillé se balançait à la brise. Nul bruit ne troublait la quiétude de la rade. Allongés sur le pont, la tête enfouie dans les bras repliés, étalés sur le dos, les bras en croix et la chemise ouverte, les hommes reposaient. Beaucoup dormaient comme des bêtes, avec des soubresauts. Et nous étions si fatigués que notre dignité d'homme semblait abolie.

Au soir, nous entendîmes le sifflet de George Merry. Un fanal s'alluma sur le sloop. Pierre Mouton-Noir et le Dieppois armèrent le canot pour aller chercher le capitaine. Quand ils rentrèrent à bord de *L'Etoile Matutine,* tout le monde dormait. Thomas Skins, qui veillait à la barre, assura qu'ils étaient quatre.

*

De grand matin, George Merry donna l'ordre de lever l'ancre. La brise du sud permettait de donner toute la voilure et *L'Etoile Matutine* cingla vers les hasards de notre profession.

L'air était d'une pureté attendrissante. La brise semblait apporter à chacun les parfums du printemps de son pays et ceux qui, parmi nous, avaient connu la douceur oubliée d'un village de la vieille Normandie sentaient sourdre des larmes. Notre imagination n'était pas d'une qualité bien rare, mais il y a des jours où la mer sait amollir les courages dans on ne sait quelles délices.

Le Dieppois prit son fifre et traduisit en notes grêles l'extase divine où nos cœurs fondaient. Le capitaine Merry s'approcha de notre cercle et nous vîmes pour la première fois qu'il était accompagné par un grand jeune homme aux membres robustes, dont le visage imberbe exprimait l'audace et l'orgueil des belles aventures. Il nous présenta ce nouveau gentilhomme de fortune, qui voulait bien se soumettre à nos lois et à la fantaisie stérile de notre vie errante.

L'apparition de cet élégant camarade fit taire la flûte enchantée et chacun garda pour soi les impressions que ce matelot propre et d'allure décidée pouvait créer dans l'enfer de nos cœurs.

Il était évident que le capitaine favorisait de son amitié ce nouveau compagnon, dont les cheveux retenus en arrière par un ruban découvraient le cou, délicat et tendre comme celui des très jeunes gens.

L'étranger, car il ne pouvait être, à cause de sa grâce inquiétante, qu'un étranger pour nous, se montra bon gabier. Il grimpait dans les haubans avec une séduisante souplesse et son couteau, qu'il tenait serré entre ses dents petites, le faisait ressembler à un jeune chat portant un poisson. Sa connaissance de son métier lui valut un peu d'estime de notre part. Et puis sa beauté nous impressionnait assez pour lui donner le droit de demeurer serviable, taciturne et distant.

Sur ce, nous donnâmes la chasse à deux vaisseaux hollandais allant à la Martinique, l'un sur son lest, l'autre avec une cargaison de sucre et de cacao. La lutte fut sauvage, mais le butin dépassa nos espérances. Toute la nuit on fit brûler du rhum dans de grandes jattes en cuivre rouge. Pew et le Nantais se battirent au couteau et l'aube nous retrouva, gisants, sur le tillac encore noirci par la poudre, maculés de sang et de goudron.

Le beau camarade s'était comporté en vrai chevalier de fortune. Et lorsqu'au jour l'orgie recommença, il but avec nous, dans une coupe d'argent dont il essuya les bords. C'est alors qu'ayant fait un geste pour lever la coupe à nos succès, l'agrafe retenant le col de sa chemise brodée céda et nous vîmes, avec stupeur, jaillir la double coupole rose de deux seins aussi purs, aussi aimablement arrondis que les dômes rosés de l'église Saint-Jean des Ermites, à Palerme.

La surprise nous laissa sans voix, devant cette femme, que le hasard nous révélait brutalement.

Puis, nous tendîmes le poing dans sa direction ; nous hurlâmes à son visage les injures apprises dans toutes les langues de la terre ; nous crachâmes à ses pieds comme des damnés ; et notre colère montait, montait à mesure que les mots obscènes sortaient de nos gorges.

Car nous lui reprochions d'être immobile devant nos yeux, dans sa calme beauté, et surtout de nous avoir contemplés, nous, les futurs clients du quai des Exécutions, dans l'horreur de notre grossièreté, de nos barbes longues, de notre linge sale, de notre puanteur, de notre triste misère.

Et nous lui reprochions, sans pouvoir préciser les motifs de cette colère, de nous avoir surpris, cherchant avec nos ongles souillés la vermine humiliante qui nous rongeait.

Et nous lui reprochions de ne s'être pas révélée à temps pour permettre de tenter sa conquête en embellissant nos figures et nos mains, selon les moyens connus de tous les hommes, avant de nous égorger pour des plaisirs amers.

VI

Le navire, pillé par nous, coula lentement, pendant les premières heures de la nuit. Longtemps nous vîmes briller, comme un ver luisant, la lumière d'une lanterne abandonnée dans la gabie. Puis la lumière s'éteignit à son tour.

Nous autres, rassemblés sur le pont, nous mangions rapidement, pour réparer nos forces ; le punch servi par le coq et le contremaître coulait en flammes vertes dans les écuelles de terre.

George Merry, les deux lèvres avancées en moue sur le fin tuyau de sa pipe en terre de Gouda, tâtait les éraflures de son navire, comme un chirurgien la plaie d'un blessé. « Ah ! Ah !... » faisait-il avec indignation. Une indignation feinte car le pont de *L'Etoile Matutine* était encombré de marchandises de prix et de captives que nous avions sauvées du navire pour des raisons faciles à comprendre.

Ces captives étaient au nombre de sept. Les hommes tournaient autour du groupe éploré qu'elles formaient au pied du grand mât. Elles devaient être belles toutes les sept, mais le souvenir de ce qu'elles avaient vu en mer à la tombée du jour déformait leur visage sous un masque de terreur.

— On partagera demain, dit Merry.

— Pourquoi pas ce soir ? fit le Dieppois.

— Toi... dit Merry en marchant sur lui.

Le Dieppois recula, trébucha dans les cordages et s'écroula sur les coffres. Les hommes de l'équipage riaient. Ils avaient la bouche pleine. Certains se lavaient le visage dans des jattes de cuivre. Ils grattaient le long de leurs bras le sang séché et noir qui rosissait à peine l'eau froide.

Cependant, comme personne ne pouvait dormir à cause de la présence des femmes, le capitaine réunit l'équipage à l'avant. Il fit venir la plus belle des captives qui était une fort jolie brune à la peau étonnamment blanche. Elle marchait ainsi qu'une reine, avec une aisance qui nous laissa déconcertés. Sa robe de velours gris portait une tache de sang à la manche. Sans dire un mot Pew trempa un linge dans l'eau et essaya d'effacer la souillure. Et la femme le remercia en inclinant la tête, puis elle se tourna vers nous, les mains derrière le dos. Elle nous dévisageait avec sécurité, sans amertume. Ses beaux yeux allaient de l'un à l'autre. Elle se frotta les mains, fit craquer ses doigts chargés de bagues, chercha le regard de George Merry, au visage congestionné.

— Signor, fit-elle.

Sa voix était chaude et grave et Pitti qui parlait italien s'approcha d'elle et lui demanda je ne sais quoi dans sa langue.

— La signora, fit-il en se tournant vers nous, est

Italienne. Elle dit qu'elle sait chanter. — Il ajouta : — On pourrait voir...

— On peut voir, répondit Merry, et chacun s'assit où il était, sans faire de bruit.

Le Nantais prit son fifre et préluda, mais la signora lui imposa silence d'un geste de la main. Droite, au milieu de nous, avec sa belle robe de velours tachée de sang, elle chanta et sa voix monta au-dessus des voiles comme un grand oiseau blanc paisible, extraordinairement paisible.

Elle chantait dans une langue belle et sonore qui nous était inconnue. Nous ne pouvions comprendre le sens de ses paroles, mais tous, la bouche ouverte, nous nous laissions charmer, comme les nautoniers d'Ulysse autrefois sur les mers anciennes.

La voix pure n'évoquait pas la mort violente qui nous était promise, mais quelque chose de doux qui n'appartenait pas à nos souvenirs. Tous, la tête plongée entre les mains, nous nous laissions pénétrer par cette voix divine, qui pour nous ne représentait rien de précis.

Des violons célestes accompagnaient la passagère et nous étions ravis de ne penser à rien qu'à cette voix charmeuse.

Et la voix monta dans la nuit comme une flamme et s'éteignit tout d'un coup.

Nous restâmes muets dans l'obscurité, que la pipe de Merry perçait d'une lueur rouge et palpitante.

La signora, les mains toujours derrière le dos, souriait à des visions aimables, qu'il ne nous était pas permis d'inspirer. Et Merry secoua la cendre de sa pipe et le Nantais cacha sa flûte dans sa poche. Deux d'entre nous descendirent le coffre de la signora dans la cabine de George Merry. George Merry resta toute la nuit avec nous, cependant qu'à l'arrière la belle femme reposait.

*

Le lendemain George Merry procéda au partage des prises selon l'usage. Les femmes au nombre de six devaient être mises en commun jusqu'à l'île de Barnacko où nous comptions les débarquer pour les vendre aux colons. Il fut tacitement fait exception pour la signora.

Toutefois, comme elle regardait la mer, indifférente à nos débats, George Merry, la désignant du bout de sa pipe, demanda :

— Et celle-là ?

— Il faut lui faire grâce, fit Mac Graw.

— Pourrait-on agir autrement ? approuva Pitti.

— Aux voix ! aux voix ! déclara George Merry avec colère.

Il fut décidé à la suite de cette consultation anormale que la passagère demeurerait maîtresse de sa personne et de ses biens tant qu'elle resterait sur *L'Etoile Matutine.*

George Merry, préoccupé, rentra dans sa cabine. Il venait de comprendre qu'avec la présence de la sirène, l'insubordination gagnerait ses hommes au cœur farouche.

La signora couchait à l'arrière dans un réduit qu'on lui avait aménagé coquettement à côté de la sainte-barbe. Elle resta deux jours, se promenant en reine sur notre navire, et chaque soir elle chantait au pied du grand mât.

Le matin du troisième jour, la vigie signala une terre à bâbord. George Merry donna l'ordre d'élonger la côte. Nous fîmes ainsi le tour de cette petite île qui nous parut déserte. Cette certitude fut acquise le soir quand le canot ramena les hommes chargés d'explorer l'île. C'était en vérité une île déserte, un rocher nu couvert de mousse rase où trois grands oiseaux de mer guettaient, immobiles.

Alors George Merry fit venir la passagère et lui passa au cou une chaîne de fer qui soutenait une petite planchette de sapin sur laquelle, pendant la nuit, il avait gravé au fer rouge ces mots :

SEIGNEUR !

ÉLOIGNEZ LES HOMMES

DE CE LIEU MAUDIT

La femme devint effroyablement pâle. Elle éclata en sanglots. Puis elle promit, sans doute, des choses que nous ne comprenions pas.

Mac Graw accompagné du contremaître et du quartier-maître prit le canot et conduisit la passagère dans l'île où les trois oiseaux s'envolèrent.

Cela fait, ils rejoignirent le bord. Longtemps, car il nous fallut louvoyer, nous pûmes apercevoir la femme avec sa planchette rivée à son cou qui nous menaçait et nous tendait les poings. Puis elle roula sur le sol en se tordant les bras.

*

Cinq années plus tard, à peu près jour pour jour, nous repassâmes par l'île où la passagère avait été abandonnée. George Merry voulut lui-même prendre la barre du canot qui allait à terre. Il sauta comme un fou sur le rivage et marcha droit devant lui, tantôt à droite, tantôt à gauche. Au bout d'une heure il nous fut facile de constater que l'île était déserte et qu'il ne restait nulle trace de la passagère.

— Elle est morte, fit Mac Graw. Elle est morte. Elle s'est jetée à la mer.

— Et son coffre ? interrogea Merry d'une voix faible.

Mac Graw regarda autour de lui et haussa les épaules.

— Seigneur, fit Merry, peut-être n'est-elle pas aussi morte que vous le pensez !... Et qui me dit, hurla-t-il avec désespoir, que je ne la retrouverai pas un jour, un jour ou une nuit, sur un vaisseau semblable à celui qui la portait quand je l'ai prise !...

VII

Mac Graw me dit : « Je vais te présenter un honnête homme. Il est nécessaire d'en connaître quand ce ne serait que pour satisfaire une curiosité bien naturelle. »

Nous étions depuis trois jours au Ringot de la Tortue afin de compléter nos provisions à bord.

Mac Graw se dirigea en habitué vers les cases habitées par le vieux Jean-Rose, alors âgé de quatre-vingt-deux ans. Nous le trouvâmes devant sa porte, aussi droit qu'un mousquet. Il fumait la pipe et quand il nous aperçut, d'un grand geste courtois, il souleva son chapeau, car il ne connaissait pas notre personnalité véritable.

— Maître Jean-Rose Archer, je vous salue, fit Mac Graw en s'inclinant.

Le grand vieillard nous fit entrer dans une case confortable et fraîche. Une servante noire nous prépara une collation. Nous bûmes et nous mangeâmes jusqu'à la nuit et quand la nuit fut tombée, nous demeurâmes assis autour de la table, devant un repas copieux et d'une distinction toute française.

Notre aimable compagnon, aidé par le vin français, la mélancolie et le plaisir d'avoir vécu selon la loi forte de la Côte, nous conta sa vie, telle qu'elle s'écoula à la grande époque de la flibuste, des boucaniers et des Frères-de-la-Côte.

Il parlait d'une voix lente mais claire. Nous l'écoutâmes, car, après tout, le vin était bon et la chère délicate.

« Si moi, Jean-Rose Archer de Saint-Malo, j'habite paisiblement le Ringot de la Tortue, ce n'est point par une indulgence absolue du ciel. Moi et Joseph le Bâtard, Fiburce de Dieppe et Loubet le Bordelais, nous avons su lutter dans notre jeunesse pour les fleurs de lis et pour la renommée des Frères-de-la-Côte. A cette époque, vers les années 1660 et celles qui suivirent, nous étions des jeunes hommes sachant tenir la pique et le mousquet. En ce temps-là, j'étais âgé de vingt-cinq ans et mon matelot s'appelait Louis Brabœuf de Fécamp. C'était un Normand rousseau, d'une force peu commune, plus âgé que moi de deux années et qui avait servi pour le roi à bord de *L'Hermine*. Je vous parle d'une époque assez lointaine : Monsieur le Chevalier de Poincy était alors gouverneur de Saint-Christophe. Il y commandait tant le civil que la faible garnison en qualité de général au nom de l'ordre de Malte. C'était un homme long et maigre qui ne manquait point d'une certaine distinction naturelle et d'un semblant de caractère qui lui donnait, parfois, de l'initiative et de la volonté. C'est un peu grâce à lui que j'appris à lire dans les livres et à écrire, au retour de cette expédition heureuse contre les Anglais qui tenaient l'île de la Tortue. Cette aventure tourna à la gloire de monsieur Le Vasseur et à celle des quarante boucaniers français de Port-Margot. J'étais parmi ceux-ci avec Joseph Le Bâtard, Fiburce de Dieppe, Loubet le Bordelais et mon matelot Brabœuf de Fécamp, tous que j'ai déjà nommés plus haut.

Il faut vous dire qu'en ce temps-là, l'existence sur les Iles était en quelque sorte moins franche que de nos jours. Tantôt l'un, tantôt l'autre des pavillons du roi de France, du roi d'Angleterre, du roi d'Espagne flottaient sur les forts, entre Saint-Domingue et les Iles.

L'entreprise hardie de monsieur Le Vasseur vint mettre la paix dans cet état de choses.

Il faut vous dire encore que le véritable jour où je résolus de me joindre à ceux qui partirent pour la Tortue, j'étais en action de chasse avec mes chiens, malgré l'interdiction du Gouverneur, sur les hauteurs boisées qui font une couronne de verdure à Port-Margot. C'est en descendant de la colline, à la nuit venue, que j'aperçus des feux sur la mer et sur la plage.

Ma case était voisine de celle de Brabœuf qui vivait en mariage avec une fille de couleur native de Saint-Domingue. Je me dirigeai donc vers l'habitation de mon matelot pour le convier à un boucan de cochon sauvage. Car mon intention était de donner une petite fête à l'occasion de la fin de ma campagne de chasse qui avait été fructueuse.

En frappant contre l'huis, j'entendis chanter la négresse que nous appelions Niña de San-Domingo.

Ce fut elle qui vint m'ouvrir, gracieuse et enjouée et aussi vive qu'une honnête femme normande.

— Bonjour, ma fille, lui dis-je. Louis est-il ici ?

— Eh ! entre donc, matelot, fit la voix de ce dernier. Entre et assieds-toi à la table. J'ai du rhum et du tabac frais. Et j'ai des nouvelles à te conter... Monsieur Le Vasseur et quarante hommes de la religion réformée ont mouillé l'ancre, ce matin, peu après ton départ ; je t'attendais pour aller les rejoindre autour de leurs feux.

Nous laissâmes la case à la garde de Niña, et ayant pris chacun notre gourde de rhum, une provision de tabac et notre mousquet, nous descendîmes vers les feux en suivant le sentier qui serpentait autour de la colline. Notre passage réveilla les aras, les perroquets et les pies d'Inde qui se mirent à nous insulter dans leur jargon. Cela fit rire Brabœuf.

Nous atteignîmes le rivage de Port-Margot, un peu avant la dixième heure du soir. Nous aperçûmes tout de suite un campement d'allure militaire. Les réformés formaient groupes autour de leurs feux et nous vîmes leur chef, monsieur Le Vasseur, qui était un homme robuste, fort de cou et d'épaules, montrant un beau visage sanguin. Nous vîmes que d'autres boucaniers et des flibustiers de la Côte nous avaient déjà précédés. Ils causaient familièrement avec monsieur Le Vasseur.

Fiburce de Dieppe nous reconnut et cria, comme en joie : « Voici deux bons soldats : c'est Jean-Rose Archer et Brabœuf de Fécamp. Vous ne trouverez point sur les Iles meilleurs mousquets que ces deux matelots. »

Ainsi présentés, monsieur Le Vasseur nous tendit la main. Il nous offrit du rhum qui venait des grandes Iles et goûta notre tabac de Saint-Domingue qu'il eut la civilité de trouver fin et parfumé. Après quoi, chacun ayant bourré sa pipe et s'étant assis sur le tronc d'un acajou abattu par la foudre, nous écoutâmes attentivement ce qu'il nous proposa. A vrai dire, les paroles qu'il nous adressait semblaient avoir sommeillé dans notre cœur. Sa voix réveillait nos pensées comme endormies.

— Braves boucaniers et vous, courageux frères de la Côte, je vous propose alliance sous le pavillon de Sa Majesté le roi de France...

Ce début n'était point pour nous déplaire. Brabœuf éleva son mousquet au-dessus de sa tête et tira une charge de poudre à travers les branches...

Monsieur Le Vasseur nous parla alors de la Normandie où il avait vécu et des rives si fertiles de la Garonne. Son éloquence nous réchauffait le cœur. Je n'ai jamais entendu homme si bien parler, même quand je naviguais comme mousse sur la chaloupe de Létang-le-Manchot qui, lui aussi, savait nous échauffer le cœur au moment de l'action.

Il fut donc convenu, au cours de cette nuit encourageante, que nous joindrions, dès le lendemain, à la tombée de la nuit, nos forces à celles de monsieur Le Vasseur. Nous fûmes quarante à jurer fidélité au pavillon royal.

Et puis chacun rentra chez soi pour aviser au départ.

Toute la journée, il me fallut fondre des balles en suffisance pour l'expédition. Je confiai ensuite la garde de ma demeure à une esclave de couleur dont je ne pouvais penser que des louanges. Niña devait veiller sur le bien de Brabœuf. Il resta, néanmoins, d'un commun accord, une dizaine de boucaniers parmi les plus âgés, afin de protéger nos établissements si le besoin s'en faisait sentir.

Nous hissâmes les voiles à la nuit et nous cinglâmes vers l'île de la Tortue où nous voulions établir d'une façon définitive l'autorité du roi de France. Une grande allégresse nous emplissait le cœur et nous chantions les vieux airs du pays.

A vrai dire l'entreprise réussit au-delà de nos espérances. Nous débarquâmes sans éprouver de résistance. Les Anglais qui ne se sentaient point en force se réfugièrent dans l'unique vaisseau qui se trouvait en rade, accompagnés par les huées de tous ceux qui avaient suivi monsieur Le Vasseur. Nous vîmes plus tard que des Français qui habitaient l'Ile décidèrent de se libérer du joug anglais dès qu'ils nous reconnurent. Et pour cela, ayant mis les établissements de l'ennemi à sac, ils hâtèrent la fuite de celui-ci.

La nuit venue, nous fîmes flamber le rhum dans les chaudrons de cuivre ; chacun de nous but à son envie. Monsieur Le Vasseur montra sa commission et prit tout de suite ses dispositions afin de maintenir l'île sous la domination du roi. Un fort fut édifié sur une sorte de plate-forme de trente pas en carré au sommet d'une montagne qui dominait l'île. Ce fort prit le nom de fort de la Roche et c'est encore le nom qu'il porte aujourd'hui.

Ceci ne se fit pas en un jour. J'aidai pour ma part à tout ce travail et l'île de la Tortue me plut tellement, ainsi protégée, que je vins définitivement m'y établir avec d'autres boucaniers parmi lesquels se trouvaient tous mes bons compagnons dont j'ai parlé au début de ce récit.

Monsieur Le Vasseur protégeait les boucaniers. Il mettait en eux toute sa confiance et leur accordait maintes faveurs. Aussi, quand les Espagnols de Saint-Domingue résolurent, sous la conduite de don B. D. M., de nous chasser de l'île de la Tortue, nous nous rendîmes tous aux remparts pour protéger cette terre française que nous avions gagnée de haute lutte.

Les six cents soldats de l'Espagnol et leurs navires vinrent jeter l'ancre devant le fort. Moi, Jean-Rose Archer, j'eus l'honneur de tirer le premier boulet qui porta droit et obligea les « San-benito » à se retirer promptement vers le large.

Ils allèrent mouiller plus loin et mirent leurs arquebusiers et hallebardiers à terre dans un endroit nommé Cayonne. Ce fut pour leur malheur, car ils furent encore une fois contraints de se retirer après avoir laissé sur le terrain de nombreux cadavres qui ne tardèrent pas à enfler prodigieusement et à noircir. Ce qui fit croire aux nôtres qu'ils avaient envoyé contre nous des esclaves africains.

L'aventure parut terminée et les félicitations de monsieur de Poincy nous donnèrent à tous l'orgueil légitime d'avoir bien servi notre pays, et d'avoir apporté au pavillon royal une nouvelle terre pleine de richesses naturelles infiniment plus réelles que les mystérieux trésors enfouis dans les Iles par le fameux Morgan.

Pour ma part je m'associai avec Brabœuf, Fiburce, Louvet et Joseph, le bâtard nantais, pour la chasse avec les chiens, car aucune ordonnance ne venait l'interdire sur cette île. Nous continuâmes le commerce de la viande boucanée jusqu'à la reprise de l'île par les Espagnols, après la mort tragique de monsieur Le Vasseur sous le gouvernement de monsieur de Fontenoy.

Il faut dire que monsieur de Rosay reprit l'île avec notre aide quelques mois plus tard et de nouveau l'autorité du roi de France fut affermie.

Pour ce qui est de la mort de monsieur Le Vasseur nous en fûmes témoins : Brabœuf, Fiburce et moi-même, car nos magasins au bord de la mer n'étaient guère éloignés de ceux de notre gouverneur.

Je dois à la vérité d'être net et de dire ici combien monsieur Le Vasseur avait changé depuis notre victoire qui lui donnait possession de l'île et qui l'investissait du pouvoir suprême conféré par l'autorité royale. Cet homme, dont l'honnêteté ne pouvait être mise en doute et qui par trois fois avait donné les preuves de son dévouement, se transforma au point que nous ne pûmes, tout d'abord, en croire notre propre entendement.

Il devint, quand il se crut sûr de son fait, une sorte de tyran, dépassant les droits de sa commission et épuisant littéralement le petit peuple du rivage sous le poids inique des impôts dont il ne cessait de l'accabler. A vrai dire, ses méfaits ne pouvaient s'étendre jusqu'à nous, boucaniers des hautes terres, tous anciens flibustiers et frères de la Côte, car il craignait l'éloquence un peu bruyante de nos mousquets. Là, vivaient des filles folles, des taverniers louches, des marchands de petit commerce et des nègres Caraïbes qui avaient fui San-Domingue à cause des mauvais traitements de l'Inquisition. Cette population sans défense, et par certains côtés peu digne d'intérêt, se voyait chaque jour pressurée par monsieur Le Vasseur qui arpentait le pays en bravache, toujours suivi par son nègre Brutus qui portait son épée et son mousquet.

Il est peut-être nécessaire de raconter que monsieur Le Vasseur s'était attiré l'animosité de monsieur de Poincy par une réponse qui ne pouvait qu'être jugée impertinente par ce seigneur de qualité.

Peu après la déroute des Espagnols de don B. D. M., monsieur de Poincy demanda courtoisement à monsieur Le Vasseur de lui faire don pour les œuvres d'Eglise d'une très belle Vierge en argent qui avait été prise à bord d'un navire de la flotte ennemie. Cette fort belle statue appartenait à un village de *matadores de toros.* C'est ainsi que les Espagnols appellent leurs boucaniers. Ils disent aussi *monteros,* ce qui signifie coureurs de bois.

Au reçu de la demande de monsieur de Poincy, monsieur Le Vasseur fit venir un esclave, natif de Port-Congon, habile en l'art de sculpter le bois. Cet homme exécuta sur sa demande une copie fort exacte de la statue de Notre-Dame. Monsieur Le Vasseur envoya cette copie au gouverneur de Saint-Christophe en la faisant accompagner d'un message qui expliquait que cette statue était la réplique fidèle de l'original et que les catholiques étaient trop détachés des biens de ce monde pour se préoccuper de savoir en quelle matière était faite l'image de l'Immaculée.

Cette mauvaise plaisanterie fut une faute grave de la part d'un homme qui, en d'autres temps, avait montré plus d'intelligence. Ce fait précéda de peu sa fin lamentable qui arriva avant que monsieur de Poincy décidât de lui faire sentir le poids de son courroux.

Je me souviens de cette journée néfaste. Je venais de rentrer de la savane avec mon matelot Brabœuf. Nous avions préparé nos cuirs sur place et nous finissions de les rentrer dans nos magasins quand nous aperçûmes monsieur Le Vasseur et son nègre qui s'avançaient le long d'un bois de gros cocos, qui s'étendait au ponant de notre moulin.

Il marchait légèrement, la tête penchée sur l'épaule et fumant, à son habitude, du petun dans une pipe à long tuyau. Le nègre Brutus tenait d'une main l'épée de monsieur Le Vasseur et de l'autre un parasol dont il abritait son maître. Monsieur Le Vasseur était fort élégamment vêtu, à la mode de France. Il était chaussé de bottes molles et coiffé d'un grand feutre orné d'une plume de couleur rose.

Nous le saluâmes de loin, Brabœuf et moi, et nous étendîmes nos peaux sans nous préoccuper de la présence de monsieur Le Vasseur puisque c'était sa coutume de descendre chaque jour de son fortin de la Roche afin d'aller visiter ses magasins sur le rivage.

Brabœuf assis sous la véranda nettoyait avec soin nos mousquets qui venaient de chez Gelin, à Nantes, quand nous vîmes passer sur le sol deux ombres étrangement rapides.

Brabœuf leva la tête et cria : « Par la miséricorde ! » Je levai la tête à mon tour et j'aperçus un nommé Calus qui épaulait son mousquet dans la direction de monsieur Le Vasseur. Celui-ci fit quelques pas en arrière et cria : « On me fera justice ! »

Le coup de feu partit et atteignit Le Vasseur à l'épaule. Alors le blessé se mit à courir vers le nègre qui de frayeur avait laissé tomber son parasol.

Brabœuf voulut intervenir. Mais déjà un autre personnage, caché derrière des cannes à sucre, se précipita sur Le Vasseur et lui enfonça profondément son couteau entre les deux épaules.

Monsieur Le Vasseur voulut parler, sa langue pointa toute droite entre ses dents. Un nuage passa sur ses yeux et il tomba à genoux sur le sol brûlant bientôt rougi du sang qui jaillissait de la blessure. L'assassin s'appelait Thibaut.

Ainsi mourut celui qui conquit l'île de la Tortue.

Par la suite, il fut souvent question de cet homme dans nos conversations entre boucaniers, quand nous chassions le bœuf dans les hautes terres.

A sa fin, il comptait peu d'amis. Un goût effréné des richesses lui était venu sur le tard, comme il en advient souvent à beaucoup que l'aventure animait seule quand ils étaient jeunes et hardis.

Avec la mort tragique de monsieur Le Vasseur, l'île de la Tortue pénétra dans une vie de prospérité. Le pavillon royal de France se montra redoutable tant aux Espagnols qu'aux Anglais.

Elle eut, de ce fait, bien des assauts dangereux à soutenir de la part des gens de Saint-Domingue qui furent parfois vainqueurs.

Mais toujours les boucaniers reprirent le sol qu'ils avaient conquis. Brabœuf et moi, nous fûmes cependant contraints à abandonner l'île. Nous y revînmes de nouveau en maîtres à la mort de monsieur de Poincy.

Un des nôtres, un gentilhomme périgourdin, monsieur du Roffey, se mit à notre tête. Celui-ci avait fréquenté nos boucans et savait tuer un bœuf sans abîmer la peau. Il nous ramena vers l'île parfumée de nos feux et nous bûmes encore une fois le rhum de la victoire, au son des violons, violes et cornemuses qui étaient venus de Saint-Christophe pour participer à notre expédition.

Maintenant, me voici vieux, mais vif encore et l'œil clair. Mon mousquet ne tremble pas dans ma main. J'ai couru les mers sous les plis du pavillon aux fleurs de lis d'or et j'ai chassé dans les Iles à une époque où les freluquets et petits-maîtres au beau plumage n'y abondaient point.

Nous autres, les vieux compagnons de l'aventure, nous pensons souvent à la France, nous autres, c'est-à-dire moi, Jean-Rose Archer et le vieux Brabœuf, mon matelot. Mon habitation, voisine de celle de Brabœuf, est une des plus belles du pays. J'ai des comptoirs où travaillent des noirs que je nourris bien et des jeunes gens qui viennent de France, quelquefois par duperie, mais que je ne considère point comme des esclaves. Ce sont mes commis. L'un d'eux, Daniel Péaux, est en vérité un jeune homme accompli. Je projette de le marier à la fille de Brabœuf car je dois vous dire que mon matelot s'est marié tout de suite après le trépas de monsieur Le Vasseur. Il a épousé une Française de Port-Margot : une rude femme courageuse et pleine de santé. Elle lui a donné une fille : Claude-Marie Brabœuf, pour qui rien n'est trop beau. Elle est mise comme une princesse de la cour, et ses robes et ses chapeaux viennent de Paris. Son père ne jure que par elle. Moi, je l'aime bien aussi et je laisserai ma fortune et mes établissements à Daniel Péaux quand je mourrai. J'apporterai ce contrat le jour du mariage de ces deux enfants. La fille regarde mon Daniel d'un assez bon œil, il m'a semblé du moins, bien que je ne connaisse pas grand-chose à ces manigances-là. Après quoi, j'aurai réglé sur cette terre toutes mes affaires tant spirituelles que corporelles. Brabœuf, mon vieux camarade, mon matelot et moi, nous avons navigué sur toutes les mers et servi le roi de France dans la mesure de nos moyens. Bientôt, nous pourrons amener le pavillon avec honneur avant de dormir notre dernier sommeil. Nous connaissons l'enclos où reposent les vieux boucaniers, ceux de la prise du fort du Roc. Fiburce est là qui fut enveloppé sur sa demande dans le pavillon de notre pays et Louvet le Bordelais et tous les autres du grand boucan de la colline. Ainsi soit-il pour eux et pour nous. »

Cette histoire contée, nous levâmes nos verres à la santé du vieux compagnon. Il nous fit encore la courtoisie de nous accompagner, Mac Graw et moi, jusqu'au canot qui nous attendait pour nous conduire à bord.

VIII

Pendant l'été, nous avions accoutumé de nous rendre à la hauteur de la Nouvelle-Foundland afin de donner la chasse aux barques de pêcheurs qui fréquentent les baies et les ports en vérité très nombreux dans cette île.

Nous récoltions, pour l'ordinaire, des vivres variés tels que du poisson salé, du rhum, des liqueurs fortes, du sucre et du tabac. La misère et, parfois, la famine contraignaient souvent de pauvres mariniers à s'enrôler sous les plis du pavillon noir.

Nous étions soixante-dix gentilshommes de fortune à bord de *L'Etoile Matutine,* et George Merry nous commandait toujours, car l'enfer l'avait pris sous sa protection. Comme les dernières prises avaient été satisfaisantes, les plus âpres au partage ne trouvaient pas à ratiociner. Chacun, selon son humeur, pouvait caresser des colliers d'or et de perles fluides ainsi que le sable quand on le serre entre les doigts. On soupesait les chaînes d'or comme des chevelures, et le soleil les faisait briller de mille feux. La nuit, on pouvait apercevoir encore, dans l'ombre des canons rangés sur le tillac, des mains livides caressant des pierres lumineuses qui semblaient être de la même essence que l'astre scintillant au zénith.

Pour ceux qui, moins avides de richesses matérielles, laissaient leur allégresse s'exalter dans les liqueurs non moins précieuses que l'or, le fifre du Nantais rythmait des danses sans origine. Et chacun les traduisait selon sa fantaisie : le mollet tendu dans des bas de soie rouge comme ceux des gardes marines du Roi, l'épée au côté, la figure grimaçante pour faire rire les spectateurs, et l'équilibre trop souvent compromis.

Nous dansions ainsi comme des forcenés sur le tillac, à la clarté des étoiles, des gavottes furieuses que nos ombres démesurément allongées, rendaient plus indécentes encore.

Dans la journée, nous nous chauffions béatement au soleil. Etalés sur le ventre, appuyés sur les coudes, nous jetions les cartes et les dés, une pile de pièces de huit à portée de la main. Des discussions toujours violentes naissaient de l'extrême variété des monnaies apportées sur le jeu. Thomas Skins sortait alors un carnet de sa poche — le fameux carnet où il inscrivait le montant de ses parts de prise — et rétablissait les différences de valeur avec les méthodes scrupuleuses d'un changeur hollandais. Nous jouions avec des cartes anglaises ornées de belles gravures sur cuivre reproduisant les différents costumes des marchands de Londres.

*

Le dernier dimanche de notre séjour devant l'île de la Nouvelle-Foundland, comme c'était un jour consacré au Seigneur, en manière de dérision, nous fûmes plusieurs à abandonner les cartes. Pour passer le temps, nous nous réunîmes en cercle sur le gaillard d'avant, afin de contempler les objets les plus précieux et les plus récréatifs que le hasard, représenté par un jeune matelot, avait répartis à chacun.

Thomas Skins nous montra une pipe en ivoire avec un couvercle d'argent délicatement ciselé à la manière des pipes florentines.

Pierre Mouton-Noir nous montra une Bible imprimée à Cologne et que nous pûmes faire tourner en insérant une clef de coffre entre ses pages et en récitant l'Evangile de saint Jean : *In principio erat verbum...*

Le capitaine nous fit voir une tabatière à double fond dont le secret nous révéla une image finement peinte et que chacun contempla en poussant son voisin du coude, en clignant de l'œil et en disant son mot.

Mac Graw, le chirurgien — et le plus instruit, sans comparaison, parmi nous — nous montra une miniature reproduisant un portrait de jeune fille qui tenait dans ses bras un petit chien aux yeux en boules lumineuses et troubles, comme ceux des brebis dans l'obscurité.

Nous regardâmes tous ce portrait infiniment gracieux et, bien que l'image de la tabatière fût encore peinte devant nous, nous ne trouvâmes aucun mot pour salir l'innocence de cette jolie figure de fille.

— Voilà, dit Mac Graw, en se penchant sur le portrait, nous avons tous connu, autrefois, une jeune fille qui était ainsi. Ni plus belle, ni moins belle, ni moins pure. Telle était la jeune fille que nous avons tous connue. Et cela remonte loin pour beaucoup de camarades.

— Donne ton image, fit le Nantais.

Mac Graw lui tendit la miniature ovale et le Nantais soupira :

— C'est pourtant vrai, f... ! Et si je vous disais que je pourrais mettre un nom sur la figure de cet ange ; si je vous disais qu'à Nantes, à l'âge de quinze ans, j'aurais pu appeler cette jeune personne, comme qui dirait Jeanne-Marie, Jeanne-Marie, c'est bien le nom que je connais.

Le Nantais passa le portrait à Thomas Skins et Thomas Skins sourit d'un sourire qui le rendit méconnaissable :

— Rose ou Mary ; je pourrais donner ces deux noms à cette image. Le miel de mes souvenirs m'écœure.

Il essuya ses yeux et passa le portrait à nos voisins. Et l'homme hocha la tête en disant :

— Une fille comme celle-là ne peut s'appeler que Katje.

Et nous nous dévisageâmes. Nous avions peine à nous reconnaître, car les traits de nos visages mordus par le sel de toutes les mers se fondaient dans une douceur inattendue.

— Oui, déclara le Nantais, en prenant une

pincée de tabac noir, ce portrait me rappelle des choses dont je n'aime pas parler. En ce moment, je me vois très bien dans une petite rue de ma ville natale. J'entends la voix de ma mère et celle de Jeanne-Marie. Je devais être un enfant comme les autres, mais que le diable m'emporte si je parviens à me faire une idée de l'enfant que j'étais à cette époque. Je me souviens bien de Jeanne-Marie. Cette petite s'accompagne dans ma mémoire des fleurs dont elle ornait sa fenêtre. J'ai vu, depuis ce temps, des femmes et des fleurs plus belles que celles de ma patrie. Donnez-moi leur nom ? Je veux être pendu à Charlestown si je puis vous dire un nom, un seul nom !

— Le Nantais est comme nous, dit Thomas Skins. Nous en avons tous vu plus qu'il n'est permis à un homme et nous ne nous rappelons rien, si ce n'est un petit nom de femme entendu dans notre jeunesse.

La nuit des tropiques descendait sur la baie et sur *L'Etoile Matutine,* dont le gréement se découpait en noir sur la pourpre du crépuscule. Les uns et les autres baignions dans une grande douceur et nous nous laissions aller à la dérive sur le fleuve tiède de nos souvenirs. Le Nantais cracha et l'on vit qu'il avait envie de geindre. Cependant, Mac Graw, ayant toussé pour affermir sa voix, demanda :

— Alors, on vous dirait : « Vous allez tous revenir au début de votre vie, et là vous choisirez, sachant ce que vous savez... » Que feriez-vous ?

Nous nous levâmes tous d'un bond, et le Nantais, parlant pour nous, dressa ses bras vers le ciel :

— Nous ferions tous des gentilhommes de fortune, n... de D... !

— C'est juste, dit Mac Graw.

Et il lança le portrait dans l'eau transparente de la baie.

IX

Quand nous arrivâmes devant la Vera-Cruz, avec le pavillon hollandais à notre corne, dans l'espoir de traiter avec les Espagnols sans crainte d'être dénoncés, nous vîmes que tous les bâtiments en rade portaient le pavillon jaune, ce qui indiquait que la mort sournoise dominait la ville de son grand souffle fétide et mystérieux.

George Merry, Anselmo Pitti et Pierre Mouton-Noir, furent d'avis de virer pour fuir vent arrière devant la peste vorace ; mais il advint que plusieurs autres, dont Mac Graw, désirèrent au contraire descendre à terre arguant que les affaires seraient faciles au milieu de la désolation générale et qu'ils se faisaient fort, connaissant un apothicaire qui « fourguait » à l'occasion, d'éviter la quarantaine et les alguazils orgueilleux et maigres.

Mac Graw demandait huit jours pour traiter nos affaires et les siennes. George Merry, hésitant, se laissa convaincre et *L'Etoile Matutine* chercha un mouillage sur la côte non loin du havre pavoisé de jaune, vers Saint-Jean d'Ulhua.

A la nuit, nous détachâmes le canot et nous embarquâmes : Mac Graw, Dick et moi-même.

Le ciel sombre favorisa notre entrée dans la ville catholique que Mac Graw connaissait pour en avoir parcouru les moindres ruelles. Sans bruit, nous accostâmes au pied même d'une grande bâtisse d'aspect mélancolique qui devait servir de lazaret. Nous éprouvâmes de grandes difficultés à sortir notre canot et à le dissimuler sous un tas de décombres. Cette opération prit une petite heure. Nous la conduisîmes à bien et dès lors, nos mains lavées dans l'eau salée, nous nous dirigeâmes presque à tâtons à travers les rues de l'opulente cité. Le petit jour nous surprit errants, ayant eu le bonheur d'éviter le guet et les sbires de la Sainte-Inquisition qui pullulent en cette cité, tels les corbeaux dans un champ fraîchement ensemencé.

Avec la lumière du jour, nous retrouvâmes notre route et Mac Graw souleva bientôt le heurtoir de cuivre d'une maison construite à l'espagnole, soigneusement close, fraîche et poreuse comme une jarre à contenir de l'eau douce.

Un guichet percé dans la porte s'ouvrit à notre appel et une voix, à la vérité peu aimable, nous accueillit en ces termes : « Que voulez-vous ! Est-ce une hôtellerie ici, pour que tous les chiens de la création viennent y demander asile ! »

— C'est parfait, fit Mac Graw... N'en dis pas plus... Je te reconnais, « Red Fish ». Tu n'as pas changé, vieux drôle... Ouvre l'huis de ton hospitalière demeure. C'est Mac Graw et des amis et, par Jupiter ! ce n'est pas encore la peste qui me présentera au diable que j'estime autant que ta Seigneurie.

Pendant ce discours dont nous approuvions les termes la porte s'était ouverte et la figure de Poisson-Rouge éclairée par un falot se montra pour affirmer combien le propriétaire de ce nom en était digne.

Le visage de Red Fish était orné de deux yeux rouges ; le nez petit et mince surplombait une bouche sans lèvres ; le menton fuyant se confondait avec la ligne du cou, ce qui lui donnait — si l'on tient compte de son crâne chauve et pointu — l'apparence d'une tête de merluche. La couleur de son teint était d'un beau rouge brun autant que nous pûmes en juger grâce à la lumière de la lanterne et aux premières lueurs d'une aurore livide.

— Entrez et fermez la porte, dit Poisson-Rouge.

Nous le suivîmes. Il nous fit traverser une cour entourée de quatre corps de bâtiments et d'une galerie circulaire en bois sculpté. Nous montâmes un escalier de pierre et Poisson-Rouge, s'effaçant, souffla sa lanterne et nous laissa passer. Mac Graw le premier, nous pénétrâmes alors dans une vaste chambre décorée d'une manière étrange qui sentait l'enfer de très loin.

— Ceci, souffla Mac Graw, me paraît une chapelle construite pour les dévotions de Black-Teach.

Il s'assit sur un escabeau et nous l'imitâmes, cherchant une place afin de poser nos pieds au milieu des pots de couleur et des pinceaux trempés dans des vases ébréchés.

— Tu n'es plus apothicaire ? interrogea Mac Graw.

— Non, répondit Poisson-Rouge avec brusquerie, aujourd'hui, je fais de la peinture. Pourquoi êtes-vous venus tous trois ?

Il s'approcha de moi, au point de me souffler dans la figure ; sa main sèche prit mon poignet, un doigt fit pression sur l'artère.

— Prenez garde, fit-il.

Puis se tournant vers Mac Graw, il dit, avec de la colère dans la voix : « Etes-vous sûr de ne pas l'avoir ? Montrez la langue... Et vos yeux... comme ils sont rouges ! »

— Tu devrais nous donner à boire, répondit Mac Graw.

Poisson-Rouge descendit en grommelant des paroles confuses. Nous l'entendîmes remuer un trousseau de clefs dans la cour.

Alors sans échanger une parole nous regardâmes autour de nous. Le plancher de la pièce était jonché de débris de toile, de pots de couleur et de pinceaux usés ; dans un coin, s'alignaient d'étranges pains de sucre en carton, dont certains, à moitié décorés, présentaient un aspect à la fois grotesque et repoussant ; sur les murs étaient accrochés des croix couvertes d'inscriptions latines, des scapulaires immenses barrés de croix de Saint-André et d'autres portant des diables ailés qui brandissaient des tridents, soufflant des flammes.

Nous regardions ces décors, pour le moins incompréhensibles et dont la pauvreté des étoffes qu'ils ornaient ne pouvait qu'évoquer un divertissement de masques vulgaires, quand Poisson-Rouge rentra avec deux bouteilles qu'il posa sur une table à côté d'un morceau de chandelle, quelques croûtes de pain et des peaux d'oranges desséchées.

— Buvez, dit-il. Peut-être avez-vous de la fièvre ?

Nous remplîmes nos verres et celui de Poisson-Rouge et nous bûmes à sa santé. C'est alors que nous entendîmes dans la rue une rumeur gémissante et grave, le piétinement des chevaux et le bourdonnement majestueux d'une foule en prières. Nous nous élançâmes vers les fenêtres protégées par des jalousies pour apercevoir une mascarade religieuse dont l'aspect nous laissa étonnés. Entre deux files de soldats vêtus d'habits mal ajustés et portant le fusil avec nonchalance, marchaient des hommes et des femmes habillés de chasubles peintes à la manière de celles que nous avions aperçues sur les murs de la chambre. Ils étaient coiffés de bonnets grotesques, ce qui nous expliqua également l'utilité de ces pains de sucre dont l'aspect nous avait paru si repoussant à notre arrivée. Derrière ces pénitents de carnaval suivaient des esclaves métis soutenant sur leurs épaules des caisses de bois en forme de petits cercueils. Les prêtres chantaient dans cette confusion et des filles portant chasuble et bonnet de carton enluminé, blêmes de terreur, interrogeaient du regard, avec des yeux immenses, la foule des hommes barbus. Leurs mâchoires tremblaient. Parfois elles fléchissaient sur les genoux, alors un confesseur tenant un crucifix les relevait avec une bienveillance peu discrète.

— C'est l'Inquisition, fit Mac Graw, et quelques juives que l'on mène au bûcher. Le pavillon hollandais nous protège !

— Ils ont apporté la peste ici, répondit Poisson-Rouge. J'ai peint l'ange de la peste sur leurs bonnets que l'on appelle des carrochas et sur leurs samarras, car je suis le peintre breveté de la Sainte-Inquisition. Ces sorcières m'ont valu mes plus belles œuvres, toutes de sensibilité.

Il ajouta à voix posée, comme la procession oscillait en reprenant sa marche :

— Je peins les croix, les carrochas et les samarras dont le fond est gris. Voyez le portrait de l'hérétique ou du sorcier est traité avec naturel et vivacité. Je peins d'après nature, dans la geôle où ces infâmes fatiguent le ciel de leurs cris. Je vous recommande cette jeune femme ou fille, peu m'importe, la troisième, après la file des hommes. Vous y êtes ? J'ai peint son portrait sur les deux faces de la samarra, car cette fille porte ce vêtement artistique, pour avoir nié devant le saint tribunal, bien qu'elle fût convaincue d'avoir introduit dans notre ville l'odieuse et la mélancolique peste dont ceux qu'elle choisit perdent, dit-on, les sentiments de l'esprit.

— La nuit, confia le peintre funèbre, il me semble que toute ma peau tendue converge vers un énorme bubon qui éclate avec un bruit de tonnerre. La peste va dominer le monde et les volcans ne sont que des bubons, peut-être libérateurs, si j'en crois mes songes.

— Et le commerce ? interrogea Mac Graw.

— Ah ! que le diable ici peint te f..., glapit

Poisson-Rouge. Ce beau merle vient nous parler de commerce, quand toute la ville tremble comme une fillette tendant sa main à une diseuse de bonne aventure.

Regardez, s'exaltait l'homme que Mac Graw avait connu, regardez mes portraits et les principes décoratifs des supplices divers, selon l'âme du patient, ses goûts, ce qu'il fut, ce qu'il deviendra et surtout ce qu'il regrette, car toute la subtilité de mon art consiste à matérialiser le regret de la vie avec des images dont toutes ne sont pas symboliques.

L'artiste se prit la tête entre ses mains et gémit : « Mes chefs-d'œuvre, mes pauvres chefs-d'œuvre seront encore les victimes de l'autofadé ! Ah ! les imbéciles qui peignent des croix rouges sur les vulgaires san-benitos sont moins à plaindre que moi ! Je suis le plus grand supplicié de la Sainte-Inquisition. »

— Quand cette damnée mascarade aura traversé la place, murmura Mac Graw, nous laisserons le peintre à son art. Puis, si Dieu le permet, nous rejoindrons George Merry et nous fuirons cette terre où la fièvre, comme une divinité païenne, se baigne dans toutes les fontaines.

— Cette ville a l'air d'une énorme pièce de monnaie en cuivre surchauffée, ajouta Pew.

Il fit claquer sa langue, car autour de nous l'air sentait le cuivre chaud, avec, par intervalles, par bouffées, l'odeur de la fumée de bois et de la chair grillée.

— Vous divaguez, fit Poisson-Rouge interrompant le cours de ses songes... vous divaguez, je crois, et vous tremblez... D'où venez-vous donc... avec cette langue épaisse, ces yeux ourlés d'écarlate et cette exaltation des moindres sentiments devant les spectacles de la nature ?

— Allons, calme-toi, Poisson-Rouge. Souviens-toi du vieux temps à Londres, quand tu buvais du punch à l'urine, avec les « veuves allemandes » de la mère Knox, à Covent-Garden. Laisse un peu ces mômeries...

— Mômeries ! gentlemen, seigneurs ! Il ouvre la bouche pour blasphémer. Il...

Poisson-Rouge, suffoqué, porta les mains à son col gonflé comme un cou de serpent. Puis il s'apaisa, frotta ses paumes l'une contre l'autre et, timidement, s'approcha de la porte.

— Gentlemen, dit le renégat, je place mes trésors sous votre protection. (Il montra les carrochas et les san-benitos.) Je vais, de ce pas, quérir les éléments d'un festin digne de vos Seigneuries et du vieux camarade, bien qu'à la vérité je n'entende pas très clairement ses propos sur notre ancien matelotage. Je reviens.

Il fit un pas dans la direction de la porte... un seul pas... mais, je le jure, nous vîmes tous, à la manière dont Mac Graw nous regarda, qu'il fallait agir sans plus attendre. Mac Graw, d'ailleurs, bondit le premier sur Poisson-Rouge qui ne put soutenir le choc et tomba sur ses deux genoux. « Han ! » fit-il.

Et Mac Graw l'étrangla de ses deux mains puissantes, cependant que nous maîtrisions, renversé en arrière, le peintre de san-benitos. Ses yeux tournèrent lentement, sa langue pointa hors de sa bouche, et sa figure violacée devint un masque semblable à ses peintures. Mac Graw, pour reprendre ses forces, desserrait ses doigts ; un peu de vie semblait alors ranimer le hideux patient. Notre camarade resserra trois fois son étreinte et nous sentîmes que l'homme venait de mourir entre nos mains.

— Il voulait nous dénoncer, pour ce que j'ai dit des moines, soupira Mac Graw.

Nous laissâmes le cadavre tordu sur le plancher et derrière les jalousies, nous inspectâmes la place, vide, chaude, sans air. Un dément courait en rasant les murs, cherchant un peu d'ombre. Il levait les bras au ciel. Essoufflé il s'assit près d'une fontaine tarie et se roula sur le sol en égratignant la terre comme une bête blessée.

— Le moment serait peut-être venu de partir, dis-je. Mac Graw et Dick approuvaient de la tête ; mais ce départ précipité, ressemblant trop à une fuite, nous cherchâmes autour de nous une compensation à ce parti.

Nous prîmes Poisson-Rouge, et tel qu'il était avec sa face torturée, nous l'habillâmes d'un scapulaire gris où des démons inachevés hurlaient devant des flammes en forme de langues ; nous coiffâmes le peintre d'un bonnet de carton, et ce fut le coup de pinceau final terminant l'effroyable personnage que nous venions de créer, nous aussi, en artistes. Quand il fut paré, nous le descendîmes dans la cour et le pendîmes devant la porte, les pieds reposant sur les dalles de l'entrée.

— Nous ne pourrons pas encore sortir, fit Dick, il fait jour. Attendons la nuit... Nous l'avons pendu trop tôt... N'ai-je pas la fièvre, Mac Graw ?

Mac Graw, dans la demi-obscurité de la cour, tâta le poignet de Dick :

— Ce n'est rien, fit-il.

Nous restâmes assis sur les marches de l'escalier, tous les trois, sans dire un mot, devant le mort au bonnet pointu.

— J'ai toujours mal... au cœur... dit encore Dick. Il se pencha un peu en dehors de la marche pour vomir.

— Va plus loin, porc ! dit Mac Graw.

Nous attendions la nuit de même qu'un voleur, expirant sur la route, la mort. Les minutes s'écoulaient lentement et le soleil, aperçu au-dessus de la cour comme du fond d'un puits, ne voulait pas replier ses rayons homicides.

— J'ai... dit Dick.

Il n'osait pas se plaindre. Et je surpris dans l'ombre Mac Graw qui lui-même tâtait son artère au poignet, avec une inquiétude sournoise.

Et avec la nuit, cependant que les mauvaises odeurs humides montaient de terre, nous franchîmes la porte de la demeure du peintre des démons.

Dick ne pouvait pas marcher, car ses jambes étaient molles. Nous le soutenions par les poignets et nous sentions son sang battre le long de ses veines, dans nos mains crispées.

L'odeur de chair brûlée persistait sur la ville. Un grand vol de corbeaux et de vautours passa au-dessus de nous en poussant des cris variés ; certains gémissaient comme des enfants.

Dick s'écroula enfin malgré nos efforts. Nous le laissâmes aller sur le sol. Il leva vers Mac Graw des yeux merveilleusement intelligents.

— Ici, Mac, fit-il, en montrant son cœur, fais vite. Et Mac Graw, penché sur lui, comme pour lui regarder la langue, appuya de tout son corps sur son couteau qu'il avait discrètement appuyé contre le cœur de son camarade.

Nous abandonnâmes le défunt et rejoignîmes George Merry et la bande. Et jamais nous ne parlâmes de Poisson-Rouge, ni de la Peste, dans la crainte d'être déposés, par précaution, dans un canot avec des biscuits, de l'eau, un fusil et de la poudre. La mort de Dick s'expliqua naturellement à la suite d'une querelle adroitement décrite selon nos traditions.

Mais pendant quinze jours et quinze nuits, Mac Graw et moi tâtâmes, à la dérobée, la grosse veine de notre poignet gauche, et nous interrogeâmes les miroirs qui reflétaient notre langue... Nous n'avions plus le goût d'interroger nos souvenirs de la Vera-Cruz.

X

Nous descendîmes, George Merry et moi, au lieu dit : la Gaminade, comme le soir apaisait toutes les rancunes de la journée.

Nous entrâmes dans ce lieu de repos qui sentait fort l'eau de feu et les frères de la Côte.

Le premier que nous aperçûmes en pénétrant dans le cabaret de Lucie Dec fut ce vieux Pierre Lavaret, qui avait navigué avec Flint, et Raveneau de Lussan, un autre gentilhomme de fortune de la même humeur quoique moins célèbre.

A vrai dire, Pierre Lavaret ressemblait à un antique bahut de chêne. Il ne se lavait jamais le visage à l'eau douce. Il se contentait de le faire reluire avec un chiffon huilé. De là sa ressemblance avec un vieux meuble assez bien entretenu. Le skipper de l'*Ange du Léon,* un brick, qui battait pavillon noir, paraissait enclin à la mélancolie. Il était silencieux tel un flétan et ses yeux bleus et durs révélaient ses pensées à la dérive.

Nous l'abordâmes, cependant, car George Merry, lui et moi, avions couru notre chance durant quelques folles années d'insouciance qui conduisirent la plupart de nos compagnons au gibet de Savannah.

Le vieux leva la tête en nous voyant.

— Hé ! Pierre, lui dit Merry, tu dis une messe pour ta place en paradis ?

— Tu dis bien, f... ! fit Lavaret. Le paradis convient parfaitement à des béjaunes de mon espèce avec son équipage de sonneurs de harpes et de mousses à ailes de poulets. Oui, en vérité, ma place est là, car je ne vaux pas plus.

Pierre Lavaret hocha la tête et soudain, comme pris d'une sombre frénésie, il saisit son coutelas et fit une large estafilade à son bras nu. Le sang jaillit comme d'une source.

— Est-il rouge ? Est-il encore rouge ? beuglait le vieux forban en prenant tous les convives à témoin de cette belle prouesse.

— Il est rouge, se hâta de répondre George Merry.

— Alors le Diable a eu pitié de moi, fit le vieux. Je ne suis pas aussi déchu que je le pensais.

Durant cette scène saugrenue, Lucie avait pansé le frénétique qui, le bras entouré d'une serviette, surveillait les gestes de la coquine qui lui emplissait son verre.

A notre tour nous prîmes place devant la table et le rhum flamba pour nous trois dans la jatte de cuivre.

Pierre ne demeura point longtemps dans son mutisme d'obstiné farouche. Il découvrit ses vilaines dents de cheval dans un sourire qu'il désirait tendre.

— Alors, petit, toujours avec Guennic ? Et toi, George, toujours « boss » à bord de *L'Etoile ?*

Nous lui répondîmes avec courtoisie et, à notre tour, lui demandâmes des nouvelles de l'*Ange du Léon.*

A ces mots, la colère du vieux reprit de la force :

— L'*Ange du Léon !* Dites l'*Ange de Cythère !* C'est bien le nom qui convient à ce damné mouille-cul d'eau douce et de rivière sans poisson. Oui, l'*Ange de Cythère !* C'est bien le nom qui convient à ce grand dadais de bois, avec sa voilure de cormoran de sacristie !

— Quand je vous dis *Ange de Cythère,* c'est bien de Cythère et de sa suite qu'il s'agit. L'aventure vaut la peine d'être contée. Je le ferai pour ma propre mortification. Que le guerdon me soit accordé pour ma franchise. Vous avez, devant vous, gentilshommes de fortune, tout à la fois un imbécile grisonnant et un enfant devant le recteur à confesse. (Il se signa.) Pour en finir, voici comment les choses se sont passées...

Pierre Lavaret allongea ses bras sur la table. Une tache pourpre fleurissait son pansement de toile.

« Ce matin-là, je dis à Pepito, mon charpentier, tu sais, celui qui avait servi à bord de l'*Encarnita Ruis.* Bon. Je lui dis : « On est prêt, donc on part. Nous avons besoin de regarnir nos cales et je sais par l'écrivain du *Walrus* qu'un brick de Liverpool navigue en ce moment pour essayer d'atteindre un port, dans la direction de Botany Bay. » Pepito se montre de mon avis et le 16 juillet 1703 on lève l'ancre ; on recouvre toutes les pièces d'un prélart, on prend l'amure, et va comme Dieu te pousse, mes boys, avec un bon vent arrière qui nous menait comme un renard devant des chiens d'Auvergne. Pas d'histoires pendant les premiers jours. Mon équipage me paraissait bien. La plupart de mes matelots avaient déjà choisi la potence d'où il leur serait facile de bénir la mer océane des deux pieds. Je fumais ma pipe sur le tillac, le cœur bien en place et la tête froide.

L'*Ange du Léon,* car il méritait encore ce nom, se faufilait entre les vagues comme un petit-collet dans un salon bien meublé. On respirait bien sur cette barque et l'on se sentait fort comme des petits buffles de deux ans. Un jour, que Dieu en raye le nom des almanachs ! (Pierre Lavaret se signa) un jour, il nous arriva d'apercevoir, en plein cap, un joli brick sans pavillon qui émergeait de la brume comme une belle fille de sa chemise de linon. Je dis à mon lieutenant : « Petit Louis, fais enlever les prélarts, déhale les pièces de huit. Fais monter sur le pont une bassine de rhum chaud pour les gamins. Tu diras à Pepito de préparer mousquets, pistolets, piques, haches, coutelas et autres douceurs. Nous allons donner la chasse à ce petit cocu et vive la joie ! »

On le fait comme il est dit, camarade. On te place toute la toile disponible dans les vergues et mes gars se perchent sur les enfléchures comme des perruches sur un perchoir. Bref, nous tombons sur ce brick qui s'appelait la *Ville-de-Corck.* Il était gardé par une centaine d'habits rouges, coiffés d'une queue de crapaud et d'un tricorne à la mode. On les réduit par les armes. On te les amarre à fond de cale et l'on cherche fortune aux hasards des coursives, une lanterne d'une main, un pistolet de l'autre.

Rien dans la chambre du captain, tué sur le château d'arrière, rien dans celle du lieutenant. On fouille comme des terriers et l'on finit par trouver dans les batteries bâbord et tribord dix bonnes douzaines de donzelles éplorées et bruyantes, les unes vêtues de soie, les autres de droguet, qui nous accueillirent assez diversement, il faut bien le dire.

Si les unes se contentaient d'implorer le ciel et ses saints, les plus nombreuses, et celui qui leur avait coupé le sifflet n'avait pas manqué son coup, les plus nombreuses nous firent tomber sur la tête une averse de brocards et d'épithètes malsonnantes, qui ne pouvaient provoquer le respect quant à leurs mœurs et à leur vertu.

Nous fûmes d'abord comme étonnés par ce flot, et puis on abattit les voiles et l'on reposa les armes. Parmi ces ponisses échappées de l'Enfer, une grande belle fille brune aux yeux bleus s'était révélée comme une sorte de capitaine. On l'appelait Mary — ses compagnes prononçaient : Méry. — Mary Read était le nom de cette accorte brigande. Nous apprîmes par la suite qu'elle avait porté l'uniforme du Régiment de Clare au service du roi de France. Elle était brune, belle et dure comme une pierre de jais. Par elle nous sûmes que ce bâtiment de guerre emmenait à Botany Bay une cargaison de gourgandines destinées à la colonie pour y fonder des foyers. La meilleure ne valait pas la corde qui servit à pendre Kid. La pensée de ce que pouvait offrir un foyer édifié par ces garces parvient seule à me distraire de mon humeur mélancolique. Car, maintenant, je sais de quoi ces fillettes publiques, encouragées par le rhum de la Trinidad, étaient capables. Elles eussent vendu l'Enfer et ses millions de clients patibulaires pour acheter de la boisson. J'eus le tort de les encourager à boire. Que voulez-vous, mes boués, elles étaient jeunes ; d'aucunes pouvaient passer pour jolies. Cela nous changeait des gourganes et de l'endaubage dont nous faisions depuis trois mois les délices de notre pitance et de nos jours. J'avais donc choisi Mary... Méry Read pour qu'elle m'aidât à fonder un foyer dans la cabine que j'occupais à côté de la Sainte-Barbe. En pénétrant dans mon boudoir, cette princesse d'estaminet se boucha le nez et dit simplement : « Ça pue diablement, f... ! captain Lavaret, dans votre chambre de jeune fille. » Elle renifla : « Oui, ça sent plus fort qu'un pot de boëtte sous le vent. »

— Hé bien ! ma fille, lui répondis-je, si cette odeur ne te plaît pas, tu n'as qu'à prendre une baille d'eau et un faubert. Quand tu auras briqué le plancher de ma cabine, tu pourras venir me rejoindre sur le tillac.

Je dois dire qu'en un tournemain elle remit les choses en état. Bref, en peu de jours l'*Ange du Léon* prenait mine de chanoine. Mary était devenue une sorte de lieutenant qui commandait aux femmes et qui savait se faire obéir, mes boués.

Oui, mes boys, il y avait de ces conciliabules dans le poste qui ressemblaient à une discussion pour l'attribution des parts de prise. J'aurais dû me méfier, d'autant plus que mes matelots devenaient doux et menaient le branle de la bonne vie comme des fanandels de la Courtille.

Monsieur Godeau, dit Petit Louis, mon lieutenant ne dessoûlait plus d'un jour à l'autre. Il cherchait alors un recteur afin de régulariser, comme il disait, sa situation conjugale avec une marque de grivois dont le nom n'est plus dans ma mémoire. Je vivais comme un innocent dans ce capharnaüm de bavolets et de chiffons qu'était devenu l'*Ange du Léon* quand, un matin, nous aperçûmes à tribord une terre qui paraissait déserte, mais non dépourvue d'attraits.

Nous résolûmes d'explorer cette île. On jeta l'ancre dans une anse de bons fonds et nos poulettes bondirent hors des canots en poussant des cris d'enfants. Elles étaient charmées par les grâces de la nature et le dirent. C'est alors que Mary Read décida qu'on ferait un grand festin à l'ombre des palétuviers et que l'on rendrait honneur à Bacchus et Vénus, joyeusement associés. J'eus la faiblesse de me rendre à ce beau projet et vous allez voir ce qui en déroula, mes boués. Béatement, assis le dos contre le tronc d'un robuste chêne-liège, Mary Read à mes côtés, je surveillais d'un œil paternel les ébats de cette charmante jeunesse. Cela dura toute la nuit illuminée comme Versailles par les flammes infernales des jattes de rhum sur le feu. Puis la fatigue assomma un à un mes bons boys. Ils tombaient mous dans l'herbe comme des pommes mûres. Bien. »

A bord de L'Etoile Matutine. 4.

A ce moment, Pierre Lavaret se tut et avala sa salive avec effort. Il poursuivit néanmoins son récit d'une voix, cette fois, sans chaleur.

« A l'aube, nous nous réveillâmes fourbus et la vue troublée. J'appelai Mary ; nous appelâmes toutes les filles par leur petit nom d'amour. L'écho ne répondit même pas à nos appels. Nous courûmes vers la crique où l'*Ange du Léon* était ancré. Elle était déserte. Pendant notre sommeil, les damnées non-nains de la joie avaient hissé les voiles, levé l'ancre et navigué vers le large la paille au derrière et le feu dedans. »

— Et alors ? fit George Merry.

— Et alors ? Alors, nous demeurâmes six mois sur cette île. Le dernier cochon sauvage dévoré, nous nous repûmes de racines et de mea culpa. Ce fut Low de la Tortue qui nous retrouva à peu près privés de sentiment et qui nous conduisit à Porto Principe sur son *Wagrant*.

— Mary Read ? demanda George. N'était-ce pas la chevalière de fortune qui prit le *Moro* à l'abordage ?

— C'était elle, mon fils. Mais pour mon malheur et mon déshonneur, je l'ignorais en ce temps-là.

XI

Le feu bouté au coursier et le dernier coup parti, un nuage blanc s'effilocha lentement, au gré du vent. Nous vîmes alors que la hourque espagnole, réduite par nous à merci, coulait, la proue érigée vers le ciel, avec son équipage.

Nous avions gardé en otage le skipper, et ramené à bord environ vingt mille rames de papier, cent tonneaux de fer en barres, des voiles, serges, draps et rubans de fil en assez grande quantité.

Nous nous débarrassâmes de cette fortune en l'échangeant contre de la monnaie d'or. Le skipper de la hourque nous servit en l'occurrence. Ce fut lui qui négocia l'affaire avec un Hollandais de Maracaïbo, qui acheta tout au comptant. Pour le remercier de ses services, nous lui fîmes don de la liberté. Après lui avoir lié les mains sur la poitrine, nous le dépouillâmes de ses vêtements, et l'un de nous l'enduisit de couleur écarlate.

On le mit à terre en cet état, la croupe ornée d'une longue plume de cacatoès fichée par gentillesse dans un endroit que je ne puis nommer.

L'homme, sitôt sur la grève chauffée par le soleil,

se mit à courir comme un diable. Nous le vîmes, à la longue-vue, effaroucher des femmes qui se dispersèrent, courant à droite et à gauche, comme des fourmis. Puis le navire, chassant sur ses ancres, nous déroba ce tableau plaisant. Chacun de nous, les poches remplies d'or, laissait sa joie s'échapper. Pitti, assis à la turque sur le tillac, ravaudait son habit bleu. Il chantait :

Ah mesi l'écrivain baillez,
Sans profit pour le mercandier,
Le larton pour tremper la soupe.
Christ nous mande bon vent en poupe.

Mac Graw, cravaté de noir et la pipe passée dans le tricorne, sa canne à pomme d'argent à la main, le canon d'une seringue dépassant d'une poche, s'apprêtait à embarquer dans le canot qui bondissait le long de *L'Etoile Matutine,* comme un chevreau au flanc de sa mère.

Il m'invita à prendre place à côté de lui. George Merry était à la barre, le Nantais et Marceau aux avirons.

L'Etoile Matutine avait hissé le pavillon royal britannique à son arbre de misaine. Devant nous, l'île des Ramiers s'offrait avec une étonnante population de planteurs et de filles dont on apercevait déjà les robes éclatantes et les larges chapeaux de paille. L'arrivée de *L'Etoile Matutine* dans la baie de Venezuela, ameutait toutes les coquines de Maracaïbo.

Nous avions de l'or dans nos poches et le Nantais

avec nous : c'était toutes les chances pour une partie champêtre, dont le souvenir se perpétuerait longtemps quand nous aurions repris nos habitudes errantes.

En arrivant à terre, nous fûmes accueillis en vainqueurs. Les filles nous tendirent des fleurs et nous baisèrent à pleines lèvres.

Mac Graw était connu. A chaque escale, il donnait ses soins aux putains de la côte et sa réputation de médecin lui valait des amoureuses et du respect. Une vieille le convia à venir voir sa fille malade. Nous suivîmes l'Esculape de fortune et pénétrâmes tous dans une case sordide, où nous aperçûmes, le cou entortillé de linge et les yeux dolents, une belle métisse de quinze ans.

— Ma fille ! dit Mac Graw.

Il fit tirer la langue à la malade, et s'étant muni de sa seringue éblouissante, en manière de rire, il l'épaula, la tenant comme un mousquet.

— Oh ! madre, dit-il, donnez-nous de l'eau bouillante et mettez dedans ces plantes que j'ai choisies.

Nous autres, très à l'aise, lutinions la vieille, qui mâchonnait des malédictions. Quand tout fut prêt, Mac Graw prit la seringue et porta la main aux jupes de la métisse. Ce fut toute une cérémonie, et tandis que le Nantais maintenait l'opérée, la croupe immobile, Mac Graw lui insinua une pinte d'eau tiède avec la délicatesse d'une Manon.

Ce spectacle de qualité avait attiré les belles putes que Marceau appelait : des ponisses. Chacune d'elles donnait son avis avec véhémence, cependant que la métisse, assise sur son grabat et les jupes rabattues, se caressait le ventre en geignant.

Nous abandonnâmes ce lieu de douleur et, le gazon frais et vert nous invitant, nous mîmes bas nos vestes pour nous étendre à l'ombre des arbres.

Il y avait parmi nous : Carmen, Thérésa de l'île de la Vigie et Conception de Borica. Bien dentées, rieuses et grossières les filles nous dominèrent tout de suite.

Mac Graw, seul, à cause du clystère, inspirait le respect. Pour moi, assis à côté d'une petite Juanita, je ne savais que sourire aux gestes prompts de la jeune fille. Elle me brutalisait, me pétrissait le visage, plus vive qu'un écureuil. A vrai dire, Mac Graw, George Merry, Anselme et moi-même, nous comptions beaucoup sur Marceau et sa grande habitude des femmes pour animer la partie. A bord, les galanteries de Marceau étaient devenues légendaires parmi nous. Aux gardes-françaises, il caressait les ravaudeuses et avait été le ruffian d'une mère abbesse, disait-il, en compagnie d'un petit abbé que l'on appelait Boujaron. Marceau parlait beaucoup de son passé.

Les filles riaient très fort. Elles organisaient entre elles la fête, et s'adressaient des phrases qui les mettaient en joie et que nous ne comprenions pas. George Merry, taciturne, essayait de fouiller les jupes de Carmen qui lui tapait sur les mains avec un éventail de plumes.

Nous bûmes. Les coupes roulèrent sur l'herbe. Marceau essaya encore sans succès de dominer les filles. Il ne put y réussir. Nous ne le vîmes pas tel que nous l'imaginions, en mer. Et pourtant, tous nos espoirs allaient vers lui. Montre-leur, pensions-nous, montre-leur donc, ce que nous sommes, à ces marques vérolées.

Marceau était en ce moment la victime d'une brunette au mollet bien tourné. Nous surprîmes le regard qu'elle jeta à ses compagnes quand le Parisien lui eut accordé la permission de regarder dans sa bourse. Alors nous finîmes par nous donner l'illusion du prestige. Pitti chanta. Mais nos chansons n'amusaient pas les filles. Toute la nuit, nous bûmes avec elles, puis nous les possédâmes, un peu gênés, sans plaisir.

Quand nous rentrâmes à *L'Etoile Matutine,* la bouche amère et la bourse vide, le petit jour se levait. Et le lendemain soir, nous entendîmes les rires des sirènes de l'île des Ramiers et nous vîmes revenir nos camarades, qui, à leur tour, s'étaient rendus à terre.

Pourtant des noms restaient dans notre mémoire : Juanita et Conception de Borica. La confiance en Marceau le séducteur revenait petit à petit. Et chacun désira le prompt départ et le large, car il nous tardait d'arranger et de parer nos souvenirs dans la solitude pour connaître l'amertume des regrets bien-aimés.

XII

— C'est fini, dit Mac Graw : Dalila a fait ses petits. Je les entends gémir près de l'échelle de la cambuse. Elle est derrière le tonneau de rhum. Venez avec moi et ne faites pas de bruit.

La figure de Mac Graw reflétait la jubilation. Depuis que j'avais juré sur la Bible que j'étais son camarade, je n'avais jamais pu découvrir son vrai visage. Ce jour-là, pendant quelques heures, il montra son vrai visage : celui d'un homme quelconque, honnête et confiant. Je dis cela, parce que, certains jours, nos vrais visages apparaissaient, furtivement d'ailleurs, soit après une bonne prise, soit pendant les dernières minutes qui précèdent la mort. Le vrai visage de Mac Graw, chirurgien à bord d'un bâtiment qui portait le pavillon noir, était celui d'un homme simple et bon.

— Oui, nous dit Mac Graw, le père doit être le chien jaune à qui nous donnâmes de la nourriture, il y a deux mois, alors que *L'Etoile Matutine* était échouée sur le sable devant Corso-Castle. Je garderai un chiot pour le lait de la mère.

— Il faudra noyer les autres, fit George Merry.

Tu es le seul qui puisse posséder un chien, parce que tu l'avais en venant parmi nous. Il n'y a pas de place à bord pour d'autres chiens.

— Nous sommes assez comme cela, dit le Dieppois.

— Il faudra le noyer, répéta George Merry.

*

Dalila, couchée sur le flanc, se plaignait. C'était une petite chienne blanche avec une tache noire sur les reins, des oreilles droites et des yeux subitement affolés dès que son maître élevait la voix.

Mac Graw aimait cette petite bête, comme moi j'aimais le jeu, le Nantais les femmes et George Merry... rien.

Agenouillé devant la caisse où la mère allaitait ses petits chiots aveugles, Mac Graw, immobile, retenant son souffle, soupesait une à une les petites bêtes au museau et aux pattes roses, d'un rose pur et violent, comme des pétales de géranium.

— Je garde ce petit-là, dit-il. Il ressemble à la mère. Il a trois pois sur le dos et des oreilles droites.

— Garde celui-là, répondis-je d'un air indifférent.

Alors Mac Graw avala sa salive avec effort et prenant un chiot par la patte il le lança par-dessus bord. Le petit corps raide fit une tache noire dans le ciel bleu. Sans s'arrêter, Mac Graw jeta dans la mer les quatre chiots dont c'était le destin.

L'autre petit rampait dans les chiffons cherchant

aux flancs de sa mère. Il grognait déjà comme un je ne sais quoi de vivant.

★

Le soir, nous descendîmes à terre et l'on alla boire chez les filles du *Captain Bob,* une auberge dont le patron Tillet avait navigué avec Low. Il nous servait de receleur et connaissait le cours de toutes les monnaies. Chez lui, nous étions renseignés sur les décisions du gouverneur de la Caroline du Sud concernant les gentilshommes de fortune. On pouvait boire avec calme, sans arrière-pensée.

Or les filles taquinèrent Mac Graw qui se montra morose. Notre compagnon buvait beaucoup et sans joie. Il s'était approché de moi, et tout de suite, il me parla des petits chiens, des quatre petits chiens qu'il avait noyés.

— Bien sûr, répondis-je évasivement à tous ses discours.

Puis Mac Graw se glissa sur le banc à côté du Nantais. Il recommença l'histoire de ses petits chiens. Mais le Nantais écoutait la voix charmante d'Isabelle.

Alors Mac Graw prit son chapeau et sortit. L'air de la mer pénétra brutalement dans l'auberge surchauffée.

★

Pendant huit jours, nous restâmes à terre. Mac Graw promena sa grande mélancolie pour avoir noyé les quatre petits chiens de Dalila, jusqu'au jour où il rencontra un matelot hollandais de la bande à Lowther.

Ce fut Mac Graw qui lui chercha querelle. Isabelle vit la scène sous les lauriers-roses en fleur. Elle vit Mac Graw plonger son couteau entre les deux épaules du Hollandais, qui tomba la face en avant dans les hautes herbes.

Et ce geste accompli, notre camarade reprit sa gaieté. Il ne parlait plus des petits chiens qu'il avait tués. Il respirait comme un homme qui vient d'effacer une souillure dans sa mémoire. Le sang d'un homme peut-il effacer le sang de quatre petits chiens ? Il est difficile d'expliquer ces caractères-là.

XIII

Des rires et des chants incongrus troublèrent le silence des huttes closes dont les habitants, saturés de chaleur, dormaient profondément.

Mac Graw et moi, qui pêchions au bord de l'unique rivière de l'île des Ramiers, tournâmes la tête dans la direction du tapage. Et nous vîmes l'aveugle Meister, encadré de deux filles qui lui donnaient le bras. Il y avait là Babet Grigny et Mijke, de Gouda. L'aveugle riait et chantait des complaintes familières à bord des bâtiments dédiés au pavillon noir. Meister avait fait la course avec Rackam ; il avait perdu ses yeux au hasard des aventures. Mais il vivait en seigneur dans ce coin ignoré du monde, parmi les filles blanches et les indigènes de l'île des Ramiers. C'était un gros homme glabre, sans menton ; ses yeux morts donnaient à sa face molle et sensuelle un je ne sais quoi de tragique qui inspirait à la fois le respect et le mépris.

Les filles le poussaient en riant. Ils entrèrent tous trois dans une demeure où l'on vendait du rhum. Nous les suivîmes, Mac Graw et moi, afin de passer le temps et peut-être pour profiter des libéralités de l'aveugle. Dans la salle basse et fraîche comme une cruche en terre poreuse, Meister était assis, le dos au mur. A ses côtés, Babet Grigny, avec des grâces puériles, lui passait ses mains brunies par le soleil le long du visage.

Elle disait :

— Hé ! fanandels, regardez-moi ce mion folâtre.

Elle chanta :

Fanandels en cette taule
On vit chenument.

Meister riait, applaudissait et laissait les doigts de la fille pétrir sa face blême sans expression. Babet Grigny, les poings sur les hanches, permettait à l'infirme de s'émanciper. C'était une fille blonde assez fine ; sa figure jolie et cuite par le soleil contrastait avec ses cheveux blond pâle. Mijke la Hollandaise, plus sournoise, murmurait aux oreilles de l'aveugle ce qu'il fallait dire.

Alors, Babet Grigny se renversa sur la poitrine de Meister et, prenant son verre, elle le jeta à la figure de Mijke.

— Tiens, sale marque ! sale ponisse ! charogne du Nord !

La Hollandaise se mit à pleurer. Elle gémissait : « Qu'est-ce que je lui ai fait ?... Qu'est-ce que je lui ai fait ? »

L'aveugle remit les choses au point et fit cesser la querelle en invitant tout le monde à boire. Il y avait là, en plus de Mac Graw et de moi-même, toute la bande de *L'Etoile Matutine,* et Marceau, Marceau le séducteur, avec son habit à la française et son chapeau tricorne qu'il appelait « un combre galuché ».

Or, l'aveugle aimait Babet Grigny avec fureur, avec démence, comme un homme qui a perdu la vue et dont la destinée errante fut toujours éloignée de la rouerie des courtisanes.

Pour ses débuts dans la vie reposante qu'il devait subir, il avait introduit dans sa demeure Babet Grigny, l'élément implacable de son supplice quotidien.

La fille dominait l'homme de son regard. Elle l'obligeait à ramper, comme une bête alors que Meister la cherchait avec son bâton derrière les meubles ou sous la table.

C'était sa concubine, parée des dépouilles des demoiselles de la Vera-Cruz. L'or ruisselait sur les bras et autour du cou de cette petite voleuse qui s'était enfuie de la colonie où ses crimes l'avaient conduite.

Et Babet Grigny aimait Marceau, notre beau compagnon. L'aveugle était au courant des menus détails de cette passion. Pour cette raison, parfois pendant la nuit, les mains du vieux cherchaient en tâtonnant le cou mollet de la belle enfant. Babet se dérobait alors en riant à ces tentatives de meurtre. Elle voyait très clair, gardait sa foi dans le crime et pensait à Marceau, dont les propos galants s'adressaient avec ténacité à Mijke, la Hollandaise. Mac Graw et moi, sachant cette histoire comme tout le monde dans l'île, nous fûmes assez surpris de voir

Babet s'appuyer tendrement, en bonne camarade, sur l'épaule de Mijke la Hollandaise.

— Mijke, fillette, lui dit-elle à voix basse, tu aimes Marceau... Je le sais. Je te donnerai de quoi te mettre en mariage.

Marceau s'empressait toujours auprès de Mijke, et Babet Grigny ne pâlissait point. Elle buvait, levant très haut son verre à chaque rasade pour en regarder le fond. L'aveugle la tenait sous le bras et ne disait rien. Mais soudain il se leva, les mains tremblantes : il avait senti contre sa jambe le pied de Babet qui cherchait celui de Marceau.

Tout le monde avait vu le galant manège. Meister paya la dépense et rentra chez lui avec la fille docile. Il marchait seul. Babet ne le guidait point et l'on entendait son bâton frapper le chemin, en tâtonnant avec sécurité.

Or, Babet Grigny et l'aveugle se disputèrent jusqu'au milieu de la nuit. Le lendemain la fille traversa le village en pleurant. Elle trouva la Hollandaise avec nous et lui offrit à boire.

— Mijke, je ne peux plus vivre avec Meister. Demain, je le quitterai. Mais ce soir il m'a promis je ne sais quelle fortune ; il dit qu'il va mourir...

Elle cracha.

— De l'or ? j'en ai plus qu'il n'y a de cailloux sur ce sol. De l'or, pour quoi faire ? Il n'y a rien à acheter ici... Ah ! Paris ! Paris ! Je ne peux plus vivre avec tous ces marpauts.

Elle fut douce et son passé lui revint aux lèvres

toute la journée. Elle parlait de Paris, des guinguettes de la Courtille et d'un sergent aux gardes-françaises qu'on appelait Balagny.

Au crépuscule de la nuit, elle rentra chez l'aveugle et ne sortit de la maison du vieux que pour aller chercher la Hollandaise. Tout ceci nous fut conté par Edward le mulâtre dont la hutte est bâtie devant l'habitation de Meister.

Babet Grigny parlait à voix basse :

— Il a bu, te dis-je, sacrée petite ponisse de l'enfer, puisque je te dis qu'il a bu ; il ne verra rien. Quand tu auras l'or, tu partiras avec Marceau, car je ne veux plus vous voir. Je ne veux plus vous voir.

Mijke n'hésita pas trop longtemps et de ce fait, le lendemain, on entendit dans l'habitation de Meister un étrange concert. L'aveugle sautait comme une carpe en hurlant : « J'ai tué Babet Grigny ! J'ai tué la garce que j'aimais ! » Mais c'est Mijke la Hollandaise qui gisait, la gorge ouverte, sur la couche de roseaux tressés. Babet Grigny avait disparu et l'aveugle se vouait au fils de Dieu qu'il invoquait sans doute pour la première fois de sa vie. Marceau de son côté cherchait de hutte en hutte et sous les chênes-lièges, peuplés de colombes troublées, la Babet Grigny pour lui couper la gorge.

Chacun de nous commentait l'aventure en pensant aux châtiments divers dont les chevaliers de fortune portent en eux l'appareil. Puis le soleil implacable de l'Equateur domina l'agitation des hommes. L'île des Ramiers retomba dans sa torpeur diurne, cependant que sur la mer une chaloupe prenait le large. Babet Grigny tenait la barre et Meister, de ses mains plusieurs fois homicides, hissait la trinquette à l'unique mât.

XIV

Après avoir croisé durant trois jours, dans la baie du Honduras, où nous rencontrâmes Charles Vane, qui venait de s'emparer de la *Perle,* capitaine Bowling, nous jetâmes l'ancre dans une crique de la petite île de Barnacko, où George Merry avait décidé de se retirer pour radouber *L'Etoile Matutine.*

Les quelques habitants de cette île, des nègres misérables pour la plupart, s'enfuirent à l'intérieur dès qu'ils virent notre intention de descendre à terre. Nos exploits n'étaient ignorés de personne, et chacun prenait en conséquence les mesures de précaution que la prudence dictait.

Laissant une faible partie de l'équipage à bord, nous débarquâmes sur la terre ferme de cette île fertile, posée sur l'Océan ainsi qu'une corbeille trop pleine de fleurs et de fruits. Les quelques habitations qui composaient le village abandonné n'offraient pas de bien grandes ressources pour la satisfaction de nos appétits : des fruits dans des jattes en terre, du poisson séché, du lait et des coquillages marins que nous brisâmes à coups de couteau.

Comme le gros de la bande se répandait dans le petit village pour y chercher fortune, le Nantais, Pitti, Mac Graw, Jack Seven et quatre ou cinq beaux esprits du gaillard d'avant résolurent de longer la côte méridionale qui disparaissait à cet endroit sous les plus rares échantillons de la végétation des tropiques.

Je suivis cette petite troupe, car j'avais la confiance de Mac Graw, qui aimait, certains jours, à soulever pour moi le voile qui recouvrait un passé de travail parmi les livres. Je m'instruisais à son commerce au point de lire assez correctement la Bible en latin et l'*Hudibras* de Samuel Butler en anglais.

— J'ai soif, fit le Nantais. As-tu du rhum, mon vieux Mac ? Je te rendrai cela le jour où nous irons bénir les filles de Savannah avec les pieds.

Mac Graw passa l'objet et le Nantais, serrant les dents, fit couler de la gourde levée à bout de bras un mince filet de rhum qu'il avala lentement.

Nous poursuivîmes notre route. Une fugitive odeur de jasmin nous monta aux narines et, parmi les touffes vertes des bananiers, le feuillage frais des chênes-lièges, nous aperçûmes une petite maison blanche, d'une blancheur aveuglante, où toutes les ombres s'imprimaient en bleu. Un oiseau caché dans l'ombre veloutée des palmes sifflait pour rendre le silence plus solennel, car, en dehors de sa voix charmante, nul bruit ne révélait la présence d'une vie quelconque. Nous fîmes le tour de la maison, par habitude, et Seven, s'étant penché dans l'ouverture d'une petite fenêtre, nous fit signe de la main et violemment de cesser nos propos.

— Vous pouvez venir, dit-il en se relevant.

Nous pénétrâmes alors dans la fraîche maison, l'un derrière l'autre.

Au milieu de la pièce unique, sur une mauvaise natte déroulée le long du mur, une négresse, assez jeune, dormait. Elle était presque nue et portait ses cheveux serrés dans un mouchoir de soie jaune à pois de couleur violette. La pièce était meublée d'un petit bahut qui supportait une cruche d'eau claire où une araignée géante achevait de mourir. Dans un coin, un amas de linges souillés recouvrait quelques ustensiles de cuisine.

— Milady ! hurla Mac Graw, les mains en cornet autour de sa bouche.

La lady d'ébène sursauta, leva des yeux blancs effarés. Sa face exprima pendant quelques secondes la plus légitime frayeur. Puis sa bouche se détendit dans un large sourire, elle se leva, se dirigea vers Jack Seven et lui posa les mains sur les épaules, de chaque côté de la tête. Ses lèvres s'arrondirent, quêtant un baiser.

— Je le savais, déclara Seven. Cette fille de qualité m'attendait. J'ai navigué vingt ans pour finalement échouer ici et convoler en justes noces avec elle. Messieurs, je vous invite ; vous serez tous de la cérémonie.

Tant bien que mal, nous fîmes comprendre à la fille de couleur que Jack Seven désirait l'épouser. Elle ne parlait qu'un mauvais portugais mélangé de quelques mots d'anglais. Des gestes précisèrent notre pensée et la négresse fit signe de la tête qu'elle acceptait. En vérité, cette proposition semblait combler ses vœux les plus ardents.

★

La noce fut étrangement belle. George Merry avait fait cadeau d'un tonnelet de rhum que nous transportâmes dans la maison de l'épousée à l'aide d'une civière faite de branches d'arbres. On but tout le jour. On parodia la cérémonie religieuse. La négresse, vêtue d'une robe de satin provenant du pillage d'un navire français, reçut en hommage, au bras de son cavalier, les acclamations puissantes des hommes de *L'Etoile Matutine.*

On se sépara dans la nuit, après avoir laissé les plats nets et les gobelets vides. Tout le monde rentra à bord, on se retira dans les huttes du village. Les deux époux demeurèrent avec Mac Graw et moi, qui devions passer la nuit dans une étroite soupente au-dessus de la chambre nuptiale.

Avant de souhaiter bonne nuit aux époux, nous prîmes soin de transvaser le reste du tonneau de rhum dans une fiasque qui contenait six ou sept litres et, la tête lourde, nous montâmes dans notre réduit en recommandant à Seven de ne pas tarir la fiasque abandonnée à sa fantaisie.

Le sommeil nous saisit brusquement et, quand nous nous réveillâmes, il faisait grand jour.

Mac Graw, la chevelure en désordre et la voix un

peu rauque, cria : « Hé ! Jack ! Monte le rhum ! Monte le rhum, mon camarade ! »

Personne ne répondit. Nous descendîmes par l'échelle qui tenait lieu d'escalier et, en entrant dans la chambre, nous aperçûmes notre vieux camarade étendu sur la natte, la gorge ouverte au couteau, saigné comme un porc.

— C'est elle qui a volé le rhum ! Le rhum n'est plus là ! hurla Mac Graw.

*

On retrouva l'épouse du défunt à quelques mètres de la maison blanche. Extrêmement ivre et la fiasque de rhum entre ses genoux, elle gisait au pied d'un arbre, avec du sang sur les mains, entre les doigts.

Quand on la souleva pour la prendre, elle ouvrit à peine les yeux, voulut faire la politesse d'un sourire, tenta d'embrasser Pitti et de dire quelque chose. Sa tête retomba sur sa poitrine. Il fallut trois hommes pour lui passer la corde autour du cou, tant elle était lourde et molle. Dans son dernier sommeil, elle bégayait :

— Love ! Love !

Pitti tira sur la corde. Quand la négresse sentit que ses pieds abandonnaient le sol, elle ouvrit tout d'un coup des yeux épouvantables. Mais elle mourut presque aussitôt et se balança longtemps avant de demeurer immobile, extraordinairement immobile, dans la forêt bruissante.

XV

Quand Meister, l'aveugle, réjoignit notre bord, ce fut quelques mois après le meurtre de la Hollandaise. *L'Etoile Matutine* était ancrée au large de la baie des Ramiers. George Merry vivait dans les flammes de l'enfer et du punch pour avoir fructueusement vendu une cargaison d'armes et d'outils divers qui provenaient du pillage de *La Bordelaise.* Cette cargaison était bien destinée aux boucaniers de la Tortue, qui nous l'achetèrent sans trop se soucier d'une aventure marine assez commune. Peu leur importait le nom du marchand. Nous partageâmes le fruit de cette opération selon la coutume et nous attendîmes Meister pour le prendre avec nous en qualité de second.

Mac Graw et moi-même nous nous retrouvâmes chez le « Pé Bagneau », un Normand de Granville, ancien frère de la côte qui vendait du rhum et de la poudre dans une petite baraque en bois, au bord de la mer. Il appelait cette demeure le clos Bagneau. Le vieux regrettait de n'y pouvoir planter des pommiers à cidre. Mac Graw commanda du rhum et dit :

— Un aveugle comme lieutenant à bord de *L'Etoile Matutine* doit être considéré de même qu'une sorte d'envoyé de l'enfer. Croyez bien que le damné Meister nous y conduira.

— George Merry peut avoir une idée sur cette question, répondit Marceau.

— Meister doit posséder les instructions du vieux Flint quand il commandait le *Walrus*. Mais d'autres que nous se sont perdus à la recherche du trésor du vieux chien...

Le soir même, à la lumière d'une seule lanterne accrochée à tribord, nous embarquâmes Meister, qui soufflait comme un phoque et tapait sur le plancher du pont pour trouver son chemin. Sans guide, il se dirigea vers la cabine de George Merry, dont la porte se referma sur lui. Alors, le Nantais éteignit le fanal. Mais la lumière de la nuit éclairait merveilleusement le navire et l'eau couleur d'argent fondu. On entendit à l'avant un homme qui bâillait à se décrocher la mâchoire. Mac Graw, assis sur un tas de manœuvres, surveillait la porte de la cabine de George Merry.

Un peu avant la première heure du jour, l'équipage au complet, George Merry donna l'ordre de lever l'ancre. Ce qui fut fait. La brise nous poussait vers le large. Un soleil magnifique chassa soudain tous les nuages. Il resplendissait comme un roi sur un trône. George Merry le salua d'un grand coup de chapeau.

— A votre obéissance, Sire ! Avec votre permission, je m'en vais boire un coup.

Il fit comme il disait et but un grand verre de

rhum. Meister se tenait près du grand mât. Il souriait benoîtement, en se frottant les mains selon une habitude papelarde par quoi on le reconnaissait de loin. Il parlait toujours mielleusement, le vieux coquin. Il s'approcha de moi et m'offrit une prise, que j'acceptai pour montrer mon savoir-vivre.

A part George Merry et ce vieux chien de Meister promu second malgré son infirmité, nous ne savions où nous allions. Mac Graw essaya de faire l'estime à l'aide d'un vieux quartier de Davis avec quoi il visait l'horizon d'un œil hésitant. Mac Graw n'était pas habile à manier cet instrument. C'est pourquoi il me répondit, comme je lui demandais la route que nous suivions :

— Celle de l'Achéron ou du Styx, selon le bon vouloir de Notre-Dame Sainte Proserpine à l'œil bigle.

Je savais me contenter de peu. Pour cette raison, je laissai notre chirurgien-barbier à ses occupations astrologiques et je m'en fus vers l'avant, où les hommes de Merry, mes compagnons, faisaient rôtir un cochon sur une broche à la mode des frères de la côte.

Il y avait là Pierre Mouton-Noir, le Nantais, Thomas Skins, Moïse le Mulâtre, Marceau et Cadet Golo, le nouveau « boss » qui venait de Savannah. Son cou portait encore la trace de la corde patibulaire. On l'appelait, pour cela, Malpendu.

Je pris ma part du festin : une large tranche de rôti sur un morceau de pain frais qui venait de la ferme du Pé Bagneau. Mac Graw, de méchante humeur, boudait contre son ventre et buvait pour alimenter sa mélancolie.

Nous naviguâmes de cette heureuse manière d'un dimanche à l'autre. Ce fut vers la fin de ce deuxième dimanche de navigation si plaisante que la chose se fit, bien qu'à vrai dire George Merry ne fût pas sans l'ignorer, comme la suite de ce récit en fera foi.

A vrai dire, Mac Graw et moi, et aussi Marceau, nous ne fûmes pas sans pressentir les signes de cette malheureuse aventure dont les victimes ne furent pas celles qui avaient été désignées par la perfidie de Meister et de Cadet Golo.

— C'est trop beau, soupirait Mac Graw. Nos compagnons ont fait la paix avec leur âme. Que Dieu et ses saints nous préservent de leurs bonnes intentions et de leur excès de sobriété ! Quant à toi, petit, ouvre l'œil. George Merry, pour ce qu'il vaut, vaut encore mieux que l'aveugle et ce Malpendu pour notre malchance.

Je le lui promis. Mais, je ne sais pour quelles raisons, je ne fus pas mis au courant du complot. Les rebelles, qui étaient moins nombreux que les hommes fidèles à Merry, escomptaient profiter de la surprise pour dominer les autres et finalement les rallier à leur fortune. George Merry ne prit connaissance des faits qu'au moment où Cadet Golo lui mit sous le nez un pistolet dont la poudre ne s'enflamma point. C'était comme le skipper sortait de la dunette pour aller prendre son quart, ainsi qu'il en avait la coutume quand il était à jeun et qu'il se conduisait de même qu'un vrai matelot. Les hommes dormaient à l'avant, dont l'entrée était gardée par le

Mulâtre, armé d'un fusil de munition orné de sa baïonnette. Ce fut ce détail qui obligea Merry à se libérer de la menace du pistolet par un bond prodigieux. Il alla donner de la tête dans la poitrine du « boss », qui s'écroula sur le pont en gémissant comme un arbre abattu.

La bataille fut si rapide, si désordonnée dans son ensemble qu'il m'est difficile de la raconter et d'expliquer mes propres gestes au milieu de cette douzaine de forcenés qui se malmenaient en hurlant d'abominables injures.

Un coup de pistolet fut tiré par Mac Graw, et le Mulâtre s'allongea sur le plancher, en lâchant son grand fusil dont le coup partit tout seul. La balle siffla à mon oreille et je dus baisser la tête. Un homme que je ne reconnus pas vint s'affaler dans mes jambes et me fit choir. Quand je me relevai, mon couteau, que je tenais à la main, gardait des gouttelettes de sang qui perlaient sur la graisse dont il était encore enduit depuis le matin où je l'avais nettoyé. A quelques mètres du groupe confus que nous formions en luttant pour notre vie, Meister, l'aveugle, tentait du bout de son bâton à retrouver les siens. Il sautait comme une fillette à la corde et piaillait des encouragements de cette sorte.

— Allez, chiens ! maudits cochons de l'enfer ! Gagnez la partie ! Qu'on m'amène George Merry, que je puisse lui crever les yeux avec mes pouces... Courage ! mes bons chevaliers de fortune ! La récompense est ici, dans le coffre du vieux Flint...

Il trébucha dans un rouleau de manœuvres. Il se

redressa d'un coup de reins singulièrement agile et cria encore une fois :

— Amenez-moi George Merry vivant, tout vivant comme un truite !...

— Tiens, le voilà !...

Et George Merry, maître de la situation, renversa l'aveugle d'un formidable revers de main. Meister, allongé sur le dos, s'agitait des bras et des jambes telle une tortue retournée.

— Attachez-le ! commanda George Merry.

Marceau et Mac Graw ficelèrent l'aveugle, tandis que je rechargeais la longue carabine du captain. Déjà les hommes fidèles envahissaient le pont. On releva Cadet Golo, qui n'était qu'évanoui, et on l'attacha solidement au grand mât.

— Ah ! bien, on va rire ! fit George Merry, en passant sa main droite sur ses joues mal rasées.

Ce qui suivit nous fut raconté plus tard par ce chien de Meister quand nous le retrouvâmes, nu comme un turlupin, sur cette île de Grâce dont il fut gouverneur pendant trois mois.

Auparavant, nous assistâmes au jugement selon la loi des gentilshommes de fortune. George Merry présidait, un poing appuyé sur la Bible de Thomas Skins et l'autre sur un pistolet soigneusement chargé. La face tuméfiée de Cadet Golo faisait peine à voir. Un œil à moitié fermé apparaissait sous le mouchoir rose dont il avait entouré sa tête. Ses lèvres enflées ne laissaient passer que des sons inarticulés. A toutes les questions de George Merry, il faisait entendre des sons rauques, mais son œil unique témoignait une haine merveilleuse.

Ce fut Mac Graw qui le défendit. Il le fit d'une manière plaisante. L'aveugle, attaché à une pièce de huit, ricanait et ne cessait de répéter :

— Tu parlerais encore mieux, Mac Graw, si j'avais pu te couper la luette avec mon couteau.

Cadet Golo fut condamné, par George Merry, à avoir les yeux crevés. On lui laissait la vie, de même qu'à Meister, mais il fut décidé, selon la coutume, qu'on les abandonnerait à leur sort sur une île déserte. Cette clémence de la part de George nous parut surprenante. Nous en eûmes l'explication quand il s'adressa à Meister en ces termes :

— Tu n'es point sourd, l'aveugle ? Alors, entends ceci. Si tu es sur le point d'être abandonné avec ton complice, c'est parce que celui-ci t'a trahi. Il m'a dévoilé ta pensée et si je ne lui fais point grâce de la vue c'est qu'il voulait terminer l'affaire pour lui tout seul. Quant à moi, je suis suffisamment payé de tous mes ennuis par la possession du coffre de Flint qui contient les indications nécessaires à la découverte de son magot. Je saurai maintenant me passer de toi, Meister.

Meister et son complice furent descendus dans la cale, où Marceau et le Nantais les amarrèrent solidement aux barres de justice. Ils étaient assez éloignés l'un de l'autre, mais pouvaient s'injurier. Car, à l'un comme à l'autre, George Merry avait dit ce qu'il pensait. Meister était convaincu que Cadet Golo l'avait trahi et Cadet Golo n'ignorait plus rien de la fourberie de son complice. Les deux prisonniers se souhaitaient mille morts le jour et la nuit, car les rats ne les laissaient guère en repos.

— Maudit ! Maudit ! hurlait Meister, tu auras les yeux crevés et tu sécheras au soleil dans l'éternelle nuit.

— Je te mangerai le foie cru, chien damné... Je t'arracherai la langue.

Leurs imprécations devenaient si féroces que les hommes ne voulaient plus descendre dans la cale afin de leur porter la soupe. George Merry, pour qui ces cris étaient douce musique, accomplissait lui-même cette fonction.

Il s'asseyait sur un tonneau, entre Meister et le Malpendu, et se délectait de leurs injures, dont il prenait sa part en connaisseur. Quand l'un et l'autre, époumonés, se taisaient épuisés, il leur confiait ses projets.

— Dans quelques jours, je vous ferai débarquer sur une île déserte. Toi, Meister, et toi, Cadet Golo, qui seras bientôt aveugle pour ce qui te reste de temps à vivre. Je vous laisserai des provisions et de l'eau douce. Ainsi, autour du même boujaron, vous pourrez vous entendre et, si le diable vous assiste, satisfaire votre soif de vengeance. A demain !... Vous devriez essayer de dormir un peu.

George Merry remontait l'échelle de bois. Dans les jointures de la trappe refermée, Cadet Golo apercevait encore un mince filet de lumière qui provenait de sa lanterne. George écoutait, tendant l'oreille à une dernière injure. Puis il regagnait sa chambre et il criait :

— Mac Graw, dis au Nantais d'apporter du rhum et viens avec ta pipe...

Depuis la mise aux fers de Cadet Golo, le Nantais

avait pris la place de l'ancien « boss ». Il était aimé des hommes, et tout allait bien.

Nous vécûmes ainsi, pendant huit jours, sur *L'Etoile Matutine* transformée en enfer. Et c'est au début du neuvième jour que nous aperçûmes une terre à l'horizon, dans la gloire du levant. Nous nous approchâmes à moins d'un mille du rivage. En vérité, nous nous trouvions en présence d'une des nombreuses petites îles du Pacifique. Le Nantais, Thomas Skins, Marceau, Mac Graw et moi, nous descendîmes dans la pinasse et, bon vent arrière, nous pénétrâmes dans une petite crique dont le fond était de sable fin. Il nous fallut deux heures pour faire le tour de l'île, qui était effectivement déserte et assez éloignée des routes suivies par les navires de commerce.

— C'est parfait, dit Mac Graw. Voici un éden tout trouvé pour nos deux cochons.

Nous revînmes à bord, le Nantais aux avirons et Mac Graw à la barre.

Dans la journée du lendemain, il se fit une grande rumeur sur le pont. Meister et Cadet Golo étaient affalés sur un prélart. Cadet Golo ricanait, car il avait compris la comédie et se promettait une belle vengeance. George Merry lui avait laissé la vue, mais le misérable Meister ignorait ce détail et pensait avec un certain plaisir que son compagnon sans yeux deviendrait pour sa haine une proie facile. C'est en cet état d'esprit que les deux compagnons furent débarqués dans l'île que Mac Graw appela l'île de Grâce.

Ce fut ce dernier qui fut chargé de les installer

autour d'une source d'eau douce qui leur permettrait de ne pas mourir de soif tout au moins. On leur laissa également des biscuits, deux barils de rhum, du lard et du bœuf boucané pour subsister pendant trois mois. A l'échéance du troisième mois, George Merry leur avait promis de revenir afin de s'inquiéter de leur santé. Meister avait son couteau et son bâton, Cadet Golo était également armé d'un couteau et d'un bâton.

Ils furent installés chacun sous une tente en peau de bœuf, l'un au bord de la mer, et l'autre derrière une colline surmontée de quelques palmiers poussiéreux et rôtis par le soleil, à égale distance de la source qui bruissait dans un bouquet de rhododendrons adorablement parfumés. Chacun des frères ennemis possédait des vivres, son baril de rhum et un autre baril vide pour garder sa provision d'eau qu'il devait puiser à la source, en obéissant aux suggestions de son instinct. Meister ignorait l'emplacement du campement du Malpendu et celui-ci ne connaissait pas le refuge de Meister. Ce dernier s'allongeait sur le sol pour mieux entendre le tap tap du bâton de son ennemi. Il essayait aussi de percevoir le murmure de la source. Il savait reconnaître avec une étonnante subtilité les bruits qui l'entouraient, même les plus infimes. Pour cette raison, il pensait bien obtenir tous les avantages dans la lutte contre Cadet Golo, qui n'avait pas encore eu le temps de s'habituer à la nuit éternelle.

Nous demeurâmes longtemps à contempler le rivage de l'île de Grâce, comme notre navire s'éloignait de ce lieu maudit. Le ciel d'une pureté cruelle nous permit d'apercevoir pendant un quart d'heure la silhouette de Meister immobile. Elle devint de la taille d'une fourmi, et puis l'homme disparut de l'horizon et l'île ne fut plus qu'une mince ligne dorée qui disparut à son tour et dans l'océan paisible et dans notre souvenir.

Ce fut trois mois plus tard que nous sûmes la vérité par Meister, que nous recueillîmes, selon la promesse de George Merry, mais vivant, ce qui nous étonna tous grandement, George Merry le premier. Nous pensions bien ne plus revoir ce traître éhonté, car la lutte entre lui et son partenaire qui voyait clair et bien clair ne pouvait créer la moindre incertitude dans son résultat. Il en fut tout autrement. Et, pour la merveilleuse nouveauté du fait, George Merry fit grâce à Meister. Il poussa même la mansuétude jusqu'à lui acheter, en prélevant un peu d'or sur le trésor de Flint, une modeste auberge sur la côte de la Floride, dans un petit village occupé par des Français de la religion réformée. L'ancien gentilhomme de fortune y vécut, paraît-il, dans une sorte d'austérité religieuse que rien ne permettait de prévoir. L'île de Grâce avait favorisé les méditations du failli chien jusqu'à cette conclusion qu'il nous était impossible d'imaginer.

Ce fut donc trois mois, jour pour jour, après la déposition des deux ennemis sur l'île de Grâce que nous élongeâmes de nouveau son rivage peu enchanteur. Le soleil pesait lourdement sur le mystère enclos dans cette île de châtiment et, bien que nous fussions tous plus près de l'éternelle damnation que de toute autre apothéose, peut-être même pour cette raison, ce ne fut pas sans une secrète angoisse que nous débarquâmes de la pinasse afin de découvrir les restes des deux victimes de George Merry. Celui-ci était demeuré à bord. Ce fut donc Mac Graw et le Nantais qui prirent la tête de notre petite troupe.

Auprès de la source, nous trouvâmes Meister plus décharné qu'un christ espagnol. Il était vivant. Et nous restâmes comme privés de sentiment devant cet homme agenouillé devant la source murmurante et qui écoutait le bruit de nos pas, les yeux blancs tournés dans notre direction.

— C'est toi, Mac Graw ? fit-il.

— Où est Cadet Golo ? dit celui-ci.

— Là-bas, répondit l'aveugle.

Et il désigna de son bâton un maigre boqueteau de chênes-lièges.

A quelque cent mètres de là, nous découvrîmes dans l'herbe le squelette d'un homme. A son bonnet rose, à ses larges grègues de marinier du Pollet, nous reconnûmes Cadet Golo. Il grinçait des dents au soleil. Un couteau rouillé était fiché dans le sol à quelques mètres du cadavre. Nous vîmes alors que son crâne était fêlé comme une vieille poterie. Mac Graw hocha la tête en connaisseur. Il dit :

— Meister ne l'a pas manqué. C'est encore une fois la justice du diable.

Nous réconfortâmes Meister d'une longue rasade de rhum et, après lui avoir laissé des biscuits et du fromage cuit, nous revînmes à bord de *L'Etoile Matutine* pour rendre compte de notre mission à

George Merry. Quand celui-ci sut que Meister était vivant, il se réjouit en se donnant de grandes claques sur les cuisses.

— Que Dieu me damne, cria-t-il, si je n'adopte pas cet orphelin ! Qu'on me le ramène ! Je veux le doter et le renvoyer sur la terre afin de porter la bonne parole à ceux qui nient les très saints miracles.

Nous nous rendîmes encore une fois à terre et nous embarquâmes Meister, en prenant de grandes précautions, car il était aussi faible qu'un enfant et marchait à petits pas comme une mariée. Marceau et moi, nous le soutenions par l'un et l'autre bras.

Meister fut hissé à bord à l'aide d'un filin. Quand il sentit sous ses pieds le pont du navire, il leva les bras au ciel et cria par trois fois :

— Miséricorde !

George Merry contempla longuement le misérable, sans cesser de fumer sa pipe. Puis il lui tourna le dos sans ouvrir la bouche. Une demi-heure plus tard, il fit appeler Mac Graw et lui donna l'ordre de soigner l'aveugle et de le remettre en bon état. Il fallut quelques jours de soins nutritifs pour donner à Meister un semblant d'embonpoint. Quand il eut repris des forces, il nous fit le récit minutieux de son existence et de celle du Malpendu sur cette infernale île de Grâce, sans omettre de jurer par la Bible, afin de provoquer notre confiance attentive.

Les facultés qu'une longue cécité avait poussées jusqu'à la perfection furent encore décuplées le jour où il sut que son ennemi avait gardé l'usage de ses yeux. Celui-ci jouait avec l'aveugle comme le chat avec la souris. Il ricanait, caché sur son passage quand Meister tâtait la route de son bâton prudent.

— Je te vois, Meister ; tu portes les doigts à ton front ; tu cherches la gaine de ton couteau qui a glissé derrière ton dos. Tu t'accroupis pour bondir en serrant ton bâton par le petit bout...

A ces descriptions, Meister ne pouvait douter de son horrible situation : seul dans une île inconnue devant un homme qui jouait avec lui avant de le tuer.

Cadet Golo, certain de sa victoire, s'amusait de sa victime. Parfois, Meister l'entendait ricaner à la porte d'une petite caverne creusée dans le roc, au bord de la mer, et qu'il avait trouvée par instinct afin de s'y réfugier. Il en avait obstrué l'entrée avec son baril d'eau et il écoutait, le couteau au poing, les bruits suspects de cette nature uniquement peuplée de la présence de son ennemi. Dans les débuts, afin de retrouver son chemin quand il allait à la source, Meister avait découpé son manteau en une lanière très fine d'une longueur de trois cents mètres. Cette lanière partait de sa caverne pour aboutir à la source. Meister la suivait en marchant sur les genoux et les mains. Bientôt, il put se passer de ce guide. Son bâton lui indiquait sa route sans qu'il se trompât.

Il lui fallait veiller à sa sécurité. Cadet Golo le menaçait en ricanant :

— C'est demain, damné coquin, que je te couperai le cou, comme tu l'as coupé à la Hollandaise, souviens-toi !

Meister ne répondait pas. Mais il était devenu si sensible des mains et de l'ouïe qu'il ne pensait plus qu'il était aveugle. Sa haine brillait en lui comme une lumière.

Cette vie à peu près sans espoir dura pendant plusieurs semaines. Cadet Golo épuisait sa provision de rhum. Il était ivre dès le lever du jour et chantait d'affreuses chansons devant la caverne où Meister, accroupi, retenait son souffle derrière son baril de rhum, qu'il tâchait de défendre contre la convoitise du forcené.

— Je te laisserai encore vivre pendant dix jours, Meister, si tu me laisses ton baril de rhum que tu as caché, dix beaux jours de bonne vie au soleil... Entends-tu ?... Si demain le baril n'est pas devant ta tanière, je t'égorgerai comme un porc...

Meister ouvrit alors la bouche pour la première fois depuis son séjour dans l'île de Grâce et dit :

— Nous ferions mieux de nous réconcilier, Cadet Golo. Je te donnerai du rhum, mon rhum, mais ce sera pour établir la paix, par serment sur la Bible de Flint que je possède encore sur moi...

— Peut-être as-tu raison, Meister..., je crois que notre infortune est sans exemple.

Et le misérable se mit à sangloter, car l'alcool attendrissait sa volonté.

C'est à ce moment que Meister entrevit son avenir avec une sorte de confiance qui lui redonna des forces. Il alla chercher sa Bible enfouie dans un coin de sa caverne, et Cadet Golo prêta serment de ne point tuer son compagnon en échange du baril de rhum. Meister fit le signe de croix sur le livre saint et le tonneau fut roulé devant Cadet Golo.

— Tiens, Meister, buvons ensemble afin de sceller notre réconciliation.

Ils burent. Meister, beaucoup moins que son compagnon, mais il sut contrefaire l'homme ivre et, tout en titubant, il s'affala contre le sol brûlant. Tout aussitôt, il gémit et se mit à simuler le sommeil. Il entendit Cadet Golo qui lui criait :

— Tu vieillis, Meister. Autrefois, tu te remplissais comme une outre. Aujourd'hui, tu ne peux plus boire... Te voilà vautré comme un pourceau !...

L'homme but encore, essaya de chanter d'une misérable voix aigre et, pour terminer, s'écroula sur le tonneau avec grand bruit. Meister geignait toujours en écoutant avec passion.

Quand il entendit la respiration rauque de l'ivrogne qui semblait remplir l'île entière, il se leva sans bruit et s'approcha tout doucement du grand corps allongé. En tâtant d'une main légère, il en découvrit la position exacte. Alors, Meister leva son bras armé de son redoutable gourdin vers le ciel et il formula pour soi-même ce vœu : « Je jure, si mon bras est assez fort et si le coup tombe juste, de croire en Dieu tout-puissant et de le vénérer. »

La trique s'abattit comme la foudre sur le crâne du dormeur. Cadet Golo se recroquevilla sans un cri. Alors, Meister se pencha sur le corps inanimé, chercha la place du cœur et y planta son couteau.

Il se releva sur ses genoux, car il était presque couché sur sa victime, et joignit ses mains en cherchant dans sa mémoire quelques mots qui puissent convenir pour une prière d'action de grâces.

Avec les provisions de Cadet Golo, il vécut pendant deux mois, dans la solitude et dans la paix. Quand nous débarquâmes dans l'île de Grâce, il avait eu tout le loisir de renier son passé. George Merry l'aida, comme je vous l'ai dit, dans cette tâche, et cette grande pitié de la part d'un tel homme ne fut pas pour nous, gentilshommes de fortune, le détail le moins surprenant de la curieuse et dernière aventure de Meister, l'ancien charpentier du *Walrus*.

XVI

Après la prise d'un brigantin venant de Yorktown, en Virginie, et que nous réduisîmes à merci sur la seule vue de notre pavillon funèbre, il fut convenu, entre George Merry, Pitti et son contremaître que ce dernier prendrait le commandement du brigantin afin de le conduire avec sa cargaison à l'île de la Tortue. Un vieux chasseur qui avait boucané dans les temps anciens devait servir de truchement entre nous et les Espagnols de Maracaïbo, afin de négocier nos prises.

Pitti prit avec lui une douzaine d'hommes de *L'Etoile Matutine,* dont j'étais, et nous embarquâmes à bord de ce brigantin que l'on appelait la *Rose-de-Marie.* Bien qu'il nous fût peu agréable de revenir sur ce bateau, difficile à manœuvrer à cause de la disposition de sa voilure, nous acceptâmes de bon cœur cette fortune, parce que ce changement rompait l'uniformité désespérante d'une course peu fructueuse sur les côtes du golfe du Mexique.

Nous hissâmes donc le pavillon hollandais, pour plus de sécurité et dans le but de tromper une corvette française qui nous donnait la chasse.

N'ayant que quatre canons à bord de la *Rose-de-Marie,* Pitti se montrait peu soucieux d'accepter le combat avec un de ces petits bâtiments.

Nous vîmes *L'Etoile Matutine* s'éloigner en élongeant la côte et nous prîmes le large avec les vents pour nous. Une grande allégresse fleurissait nos cœurs ; Thomas Skins prit son violon, dont il tirait des sons grinçants mais bien rythmés, et Jean de Dieppe, que l'on appelait le Dieppois, chanta la vieille complainte des galères :

Tout nu, las ! en chemise
Il faut ramer
Nuit et jour sans feintise
Sur cette mer.

De nerfs de bœuf sans cesse
Battu je suis.
Je n'ai plus de caresse
De mes amis.

Etendus sous la bôme dont le gui frôlait nos têtes, nous écoutions le chanteur et l'intrépide racleur de cordes quand, à tribord, sur la mer lumineuse et paisible, nous aperçûmes une embarcation, noire et menue. « Un canot ! » hurla Pitti. Nous regardâmes tous dans la direction de cette merveille et Thomas Skins, s'arrêtant de jouer, dit : « C'est un marron, sans doute. Laissons-le venir, et prenons-le à bord pour la cambuse. »

Pitti regardait toujours le canot et l'homme

marron qui ramait avec aisance dans la direction de la *Rose-de-Marie.*

« Eh bien ! dit Pitti, un homme en canot à cette distance des côtes est un peu comme si l'on me disait qu'on signale à tribord le carrosse de M. de Cossé, que le diable le f... ! »

Mais le mystérieux possesseur de l'embarcation lâcha une rame et leva vers nous un bras décharné.

Nous lui jetâmes un cordage qu'il saisit avec adresse. Puis il grimpa à bord de la *Rose-de-Marie,* tel un singe furieusement décidé. Il enjamba les branles roulés dans leurs prélarts, le long des bastingages.

Et nous vîmes tous que cet agile matelot était un mort. Le sang se glaça dans nos veines et la sueur coula le long de nos tempes. Pitti claquait des dents et cherchait, avec des gestes d'égaré, sa Bible absente : « Ma Bible, balbutiait-il... dans mon coffre... » Il se signa.

Le matelot mort, avec sa propreté de vieil ivoire et les lèvres retroussées, riait sans avoir envie de rire. Il nous parut embaumé, ou plus exactement boucané par les sels de la mer ; il sentait l'iode et une indéfinissable odeur de décomposition inachevée.

Nous entendîmes sa voix grelottante. Nos jambes ne nous soutenaient plus. La peur nous soulevait le cœur comme un tourbillon. Nous nous penchions au-dessus de ce matelot comme au-dessus des abîmes créés par la tempête.

Et il dit : « Je suis Nicolas Moïse, de Rotterdam. J'ai deux cents ans et je suis le plus jeune sur le gaillard d'avant du bateau damné qui parcourt sans fin les routes marines, comme Juan Espera-en-Dios parcourt les routes de la terre. Matelot, je le fus ! Ah ! mein herr ! J'étais un riche matelot de carnation sanguine et mon destin s'est accompli pour m'être parjuré sur la Bible. Pendant deux cents ans j'ai tiré sur les drisses, usé mes mains contre les manœuvres rugueuses. Deux cents ans que je n'ai pas mangé de radis, que je n'ai pas bu d'eau pure aux fontaines chantantes. Et je voudrais les bras blancs d'une jeune fille autour de mon cou desséché, car la fièvre dont j'arde est celle qu'une femme peut calmer avec les gestes que vous connaissez tous. »

Il s'arrêta, en proie à sa mélancolie.

Et, la vie reprenant en nous devant ce matelot, qui, après tout, n'était qu'un matelot mort, Pitti lui dit : « Entends-le bien, Nicolas Moïse, tu es ici chez toi. La *Rose-de-Marie* n'est pas *Le Hollandais-Volant.* (Il se signa.) Tu débarqueras avec nous à la Providence et nous te ferons connaître Conception, Conception de Borica.

— Et Juanita de l'île des Ramiers, dis-je.

Le mort leva les bras vers le ciel. Puis il s'étendit sur le tillac et s'endormit comme dans une deuxième mort.

★

Nous débarquâmes avec lui, sains et saufs. L'île de la Tortue bruissait sous les palmes. Les beaux oiseaux ébouriffaient leurs plumes de couleur dans le ciel bleu, et les filles criaient de joie quand nous étalâmes sur l'herbe rare les étoffes de Chine dont le brigantin contenait une ample cargaison.

Personne ne put reconnaître la qualité de notre compagnon. Comme il paraissait riche avec son habit propre et ancien, une fille lui passa ses bras blancs autour du cou ; mais elle détourna la tête quand il voulut la baiser aux lèvres.

— Ainsi, dit Nicolas Moïse, mon rêve est satisfait, j'ai bu de l'eau pure — il regardait la source où les chevrettes venaient boire — et j'ai éprouvé la caresse d'une femme. » Il but encore une fois de l'eau de source et demanda du rhum. On lui en servit dans un grand pot et il l'avala d'un trait.

Puis il redevint mélancolique, mais il ne cessait de répéter : « J'ai bu de l'eau de source et je me suis fait un collier de deux bras blancs. »

Cependant que tout le jour nous vaquions à nos occupations et à nos divertissements, Nicolas Moïse ne cessait de regarder la mer. Il faut dire que les filles ne l'acceptaient qu'avec crainte dans nos jeux.

Un soir, Nicolas Moïse se dirigea vers la crique où la *Rose-de-Marie* était à l'ancre. Longtemps il regarda l'eau clapoter contre les flancs du bâtiment. Puis, sans se soucier de notre présence, il se jeta à la nage, s'embarqua dans son canot attaché à l'arrière du brigantin, dénoua l'amarre et déborda avec ses rames. Sans un signe d'adieu, il rama vers le large et nous le perdîmes bientôt de vue.

C'est alors que nous entendîmes dans la nuit le vent claquer dans les voiles d'un navire invisible ; un hautbois mélodieux et lointain indiquait, comme un fil la marche du grand *Hollandais-Volant* sur les eaux mystérieuses.

Ensuite de quoi, les filles, muettes de terreur, accrochées à nos bras, nous rentrâmes dans les habitations secouées par la tempête naissante.

XVII

Le 28 mars de la même année, George Merry, qui venait d'apprendre la mort du roi, par le skipper d'une barque hollandaise pillée devant Sainte-Lucie, fit hisser le grand mât de *L'Etoile Matutine,* le pavillon noir qu'il avait copié sur celui de Spriggs quelques semaines avant cette date. C'était, en vérité, un pavillon noir de fortune d'une authentique distinction : sur l'étamine sombre était brodée en fil d'argent la mort tenant d'une main un sabre et de l'autre une flèche qui transperçait un cœur de laine rouge. L'effet était en vérité très beau. Cet éclatant témoignage de notre activité réchauffait le cœur et nous pénétrait comme un dictame. Thomas Skins, le charpentier, avait brodé l'emblème. Il flottait maintenant dans le ciel marin et nous nous réjouissions parce que George Merry l'avait hissé en l'honneur d'un événement dont nous espérions un grand bien. C'est par le skipper de la barque hollandaise que nous apprîmes l'avènement au Trône de la Grande-Bretagne du Roi George II. Nous pensions qu'à cette occasion nous obtiendrions sous peu le pardon de nos crimes, selon la coutume en pareil cas. Nous bûmes à la santé du roi et Mac Graw affirma que ce nouveau monarque avait bonne réputation, déjà du temps qu'il n'était que prince.

— Bon ou pas bon, dit George Merry, je jure, sur la Très Sainte Bible, si ce sacré roi de fortune ne nous apporte point le pardon, d'égorger à l'occasion tous les Anglais que je rencontrerai sur terre et sur mer. Maintenant buvons à sa santé en attendant mieux.

Depuis le départ de Meister, George Merry se trouvait en possession du précieux portefeuille laissé par Flint le jour qu'il mourut à Savannah dans une chambre chauffée à blanc par le soleil qui le rôtissait encore vif sur son lit. Il délirait depuis trois jours. Dans cet étui de cuir de porc durci par l'eau salée, le vieux maître du *Walrus* avait réuni toutes les indications nécessaires afin de retrouver l'un des trésors qu'il avait enfouis sur les côtes de la Nouvelle Espagne. George Merry n'avait pu dissimuler à notre connaissance ce précieux document. Et il avait été décidé d'un commun accord qu'on se mettrait à la recherche de ce trésor dont le partage serait fait selon la loi, c'est-à-dire en tenant compte de nos fonctions et de notre ancienneté à bord d'après les termes des articles signés et jurés par nous. George Merry devait obtenir une part et demie, le maître, le quartier-maître, le charpentier et le canonnier avaient droit à une portion et un quart. Toute protestation à ce sujet devait être punie selon la loi de Moïse, qui est en application à bord de tous les bâtiments qui naviguent sous le pavillon noir.

Le protestataire devait recevoir quarante coups de corde goudronnée sur le dos nu. Cela valait la peine de réfléchir et d'observer les termes de nos règlements de prises. Nous nous mîmes d'accord à ce sujet dans la soirée du 29 de mars, un peu avant d'avoir pris nos quarts de veille pour la nuit, car George Merry craignait l'apparition peut-être discourtoise d'un garde-côte espagnol dont la présence était signalée à quelques milles au large de la Vera-Cruz.

La mer s'étalait autour de nous aussi calme qu'un lac. La lune s'y reflétait. Elle laissait traîner sur l'eau silencieuse une pluie de piécettes d'or, selon les uns, d'argent selon les autres. Cette belle image de prospérité nous parut de bon augure et Mac Graw déclara qu'il se contenterait d'être payé en monnaie de lune à la condition qu'on lui procurât une bourse capable de retenir cet argent qu'il craignait de voir fondre entre ses doigts.

Ce trésor nous tourmentait l'entendement et tout en ayant l'œil aux quatre points de la rose marine, à cause du vaisseau de la Vice-Royauté, nous ne pouvions nous empêcher d'estimer notre part. Nous pensions aussi que George II serait bien inspiré en nous octroyant des lettres de grâce, ce qui nous permettrait de dépenser nos doublons et nos réaux dans la paix de l'esprit et dans la sécurité de nos quatre membres, de la tête et du cou. Nous eûmes le bonheur de passer sous le vent, mais assez loin — et sous la protection d'un nuage — de ce garde-côte, hérissé de canons, qui flottait lourdement, en louvoyant.

L'occasion eût été belle de l'attaquer pour l'honneur du pavillon de Spriggs, mais Mac Graw, notre chirurgien, sut nous dissuader de cette sottise et, cette fois, nous fûmes assez sages pour nous rendre à son avis.

C'est ainsi et fort heureusement que nous élongeâmes la Vera-Cruz pour nous diriger vers Porto-Bello, une petite ville de pêcheurs, non loin de l'isthme de Panama. Nous connaissions ce havre et le cabaret d'Hosea Tirdell, un ancien gentilhomme de fortune, retiré de la lutte et qui, à l'occasion, nous servait de receleur. Hosea Tirdell avait navigué avec Flint comme matelot. Il avait été quartier-maître à bord du *Jean-et-Marthe* du capitaine Martel. Après qu'on l'eut amputé d'un bras à la suite de l'affaire de Spanish-Town il s'était retiré à Porto-Bello, où il avait ouvert une auberge que les soldats de la Vice-Royauté de la Nouvelle Espagne venaient fouiller de fond en comble, de temps à autre. Ils ne trouvaient jamais rien. Quand le vieux renard chassait, il évitait de laisser des traces.

Lorsque je vous aurai dit que l'auberge de Tirdell à l'enseigne de *L'Ancre de Saint-Georges* abritait la fille adoptive du vieux forban, je vous aurai confié l'élément principal de cette aventure terrible et de peu de sens, comme Mac Graw le déclara par la suite.

Cette jeune personne d'une beauté et d'une distinction, qui ne la rapprochaient guère de son père adoptif, s'appelait Isabel, Isabel la Maya. Mac

Graw l'aimait bien car elle cultivait la poésie et, en général, toutes les choses de l'esprit. Pour ma part, je vénérais cette jeune personne. A dire vrai, elle ne paraissait guère et vivait en dehors de notre monde. La plupart des hommes de *L'Etoile Matutine* la respectaient à cause de l'unique bras de Hosea Tirdell : un bras d'une force invincible, vif et adroit comme un congre.

Nous jetâmes l'ancre la nuit, après avoir relevé les fonds à deux milles de l'entrée du port, gardé par deux châteaux très bien fortifiés. Cinq cents hommes de garnison occupaient les châteaux et la ville. Il ne s'agissait plus pour le moment de hisser le pavillon noir. Nous prîmes durant la nuit l'aspect d'un honnête brigantin naviguant sous pavillon français, puisqu'à cette date ce pays n'était pas en guerre avec les Espagnols. En de telles circonstances, Mac Graw et Marceau nous rendaient de grands services, à cause de leur bonne éducation et des diverses connaissances qu'ils avaient acquises dans le commerce de beaux esprits probablement aussi damnés qu'eux-mêmes. Marceau savait chanter en s'accompagnant sur la guitare. Il avait étudié chez les Jésuites et c'est à la suite d'une merveilleuse histoire d'amour qu'il avait pris la mer afin d'accomplir son destin qui était celui d'un gentilhomme de fortune. En égard à cette profession, le ciel l'avait pourvu de dons nombreux. Ce jeune homme qui savait se conduire comme un petit maître quand il le fallait était bien le plus coquin des coureurs de mer. George Merry le tenait en estime. Mac Graw ne l'aimait point et parfois ils discutaient, pour notre émerveillement, de théâtre, et de poésie en employant des mots inconnus qui nous ravissaient et finissaient par nous donner bonne opinion de nous-mêmes.

Marceau avait servi dans les gardes-françaises et dans le régiment de Karrer, au compte de la fleur de lys. Son père, paraît-il, était greffier au Châtelet, qui est une prison de Paris. Marceau ne l'appelait que le Cocu. Il aimait encore sa mère et il la respectait parce que, disait-il, elle ne s'embarrassait pas de préjugés mélancoliques.

Nous attendîmes les premières lueurs de l'aube pour entrer dans le port afin d'aller nous amarrer au pied de la Casa de la Douane. George Merry, Marceau et Mac Graw, enfermés dans la cabine du maître près de la Sainte-Barbe, s'occupaient à mettre en règle nos papiers de commerce. Pendant ce temps nous avions descendu à la mer nos six pièces de huit, ne gardant qu'une seule pièce à l'arrière, pour notre défense, devions-nous dire. Ce fut un grand déchirement pour nous que d'abandonner notre artillerie. Mais il nous fallait coûte que coûte descendre à terre, mener vie de prud'hommes afin de pouvoir organiser dans ses plus petits détails l'expédition que nous avions projetée et dont le but était le trésor de Flint, l'homme à la tête de requiem (requin).

A la sixième heure du jour, comme le soleil flambait déjà au-dessus de la ville bruissante, les hommes de la Douane vinrent à notre bord conduits par un señor au teint couleur d'olive, coiffé d'un tricorne râpé, l'œil plus brillant que celui d'un fiévreux. Il nous imposa ses grands airs, se signa trois fois, menaça dix fois de nous faire pendre et afin de terminer cette cérémonie accepta pour le prix de ses gentillesses deux ou trois livres de tabac fin de la Jamaïque qui nous restaient de notre avant-dernière prise.

Nous pûmes débarquer sur le quai de Porto-Bello, sous les apparences d'honnêtes mariniers catholiques, ce qui, à la vérité, nous importait peu. Nous étions vingt-huit, en comprenant le capitaine dans ce nombre. Le nez au vent, la mine peu éveillée, nous nous divisâmes en trois bandes afin de trouver le gîte et le couvert, en attendant que nous puissions prendre la route du Nord pour atteindre les mines d'argent de Zacacutas, de Guanajato et de Catorce. Cette fable, imaginée par Merry, devait nous assurer notre tranquillité en ville et donner une raison à nos allées et venues dans la campagne pendant nos recherches. Nous avions laissé trois hommes à bord de *L'Etoile Matutine* afin d'en assurer la garde et de tenir les choses en état pour notre embarquement.

— Quand nous aurons trouvé les coffres du vieux, dit George Merry, les lettres de pardon seront arrivées chez le Gouverneur. Nous pourrons jouir en paix du fruit de notre travail et de notre persévérance, f... !

Devant l'Eglise principale, qui est un bel édifice à l'épreuve des boulets, nous descendîmes vers la campagne pour rejoindre la route de Panama qui avait été autrefois occupée par les flibustiers de Morgan lors de la prise de Porto-Bello. Nous aperçûmes de fort loin l'auberge *A L'Ancre de Saint-Georges,* au bord de la route devant un petit port de pêche récemment aménagé, ce qui nous combla d'aise, car il nous serait plus facile d'embarquer notre butin. Il fallait toutefois que les fonds fussent assez bas pour permettre à *L'Etoile Matutine* de jeter l'ancre dans cette petite rade. Un mouillage en haute mer nous paraissait dangereux dans ces parages. Nous ne tardâmes pas à être renseignés et il fallut abandonner ce plan.

Hosea Tirdell, vêtu à la manière ancienne des Frères-de-la-Côte, se tenait assis sur le seuil de sa case. Quand il aperçut notre petite bande, il se leva, mit la main en visière sur son front. Il leva un bras en l'air et agita la main. Alors nous poussâmes tous un long cri qui effaroucha les aras, les papegais, les pies d'Inde et les festus-au-cul perchés dans les hautes branches d'un boqueteau qui entourait quelques ajoupas qui sentaient agréablement le tabac frais.

Quand on parlait dans le pays de la case d'Hosea Tirdell, on disait toujours « la Maison rose », à cause de la couleur de son crépi. Elle était bâtie à la mauresque et paraissait fraîche comme une gargoulette. Quant à l'auberge proprement dite, c'était un long bâtiment d'un étage composé au rez-de-chaussée d'une salle commune, et à l'étage, de quelques chambres et d'un dortoir de vingt-cinq lits. Attenant à ce bâtiment, s'élevait une sorte de galerie formant patio où l'on attachait les mules et les chevaux des voyageurs.

Hosea Tirdell nous accueillit comme des amis. L'auberge était vide. Les temps étaient durs.

— Il y aura pour toi une demi-part, dit George Merry, car nous aurons besoin de tes services pour nous garantir contre la curiosité.

Hosea Tirdell mit un doigt sur ses lèvres.

Mac Graw regarda autour de lui en pivotant sur ses talons : « Je ne vois personne ».

— L'Inquisition, répondit Hosea Tirdell. Il montra une jatte poreuse pleine d'eau fraîche : « Je me méfie de cette eau... », ajouta-t-il.

Mac Graw hocha la tête et se fit montrer sa chambre. C'était une petite pièce meublée d'un lit de camp, d'une table boîteuse et d'un coffre. Une fenêtre donnait sur la route et une lucarne sur le toit de la galerie qui entourait le patio.

— Je serai bien ici, fit-il en poussant un soupir de satisfaction.

Pour moi, j'habitais dans la grande chambre commune. Mon voisin de lit était le Nantais. Quant à Marceau, par fantaisie, il désirait payer trois fois son écot pour avoir une chambre à lui tout seul. Il avait les poches pleines, le verbe haut et d'un commun accord, pour mieux dissimuler sa profession, se faisait appeler « Monsieur de Marceau ».

Dès le soir de notre arrivée, comme la nuit était belle selon les règles de la poésie qui s'accordent parfois avec celles de la navigation, « Monsieur de Marceau » prit sa guitare et, fenêtre de sa chambre ouverte, commença de nous régaler l'ouïe d'une belle chanson gaditane. Nous buvions tous à l'aise dans le patio, les uns étendus sur le sol, les autres assis sur des escabeaux. Mac Graw fumait sa pipe, à cheval sur l'unique chaise de *L'Ancre de Saint-Georges*. « Monsieur de Marceau » chantait d'une voix claire et séduisante, attentif au jeu de ses doigts sur les cordes de l'instrument. Parfois il lançait une œillade expressive dans la direction d'une fenêtre protégée par une grille de fer et une jalousie. Quand le chanteur eut fini sa romance, la jalousie se souleva un peu et nous vîmes apparaître une petite main blanche, un beau bras rond et nu jusqu'au coude. La main lança une fleur qui vint s'abattre aux pieds du chanteur par la fenêtre ouverte. Celui-ci se leva, posa sa guitare contre le mur, ramassa la fleur et la porta à ses lèvres. Nous autres, vautrés dans notre indignité, nous contemplions ce spectacle, non sans envie. Mais qui, parmi nous, aurait pu rivaliser sous le rapport de la qualité et de la grâce avec ce compagnon bien disant et courtois ?

— Quand j'ai connu Marceau, je veux dire « Monsieur de Marceau », on l'appelait l'Enfer des dames, dit le Nantais. Et ce n'était pas pour rien. Sur les larmes des marquises qui l'ont aimé on pourrait faire flotter une frégate avec ses soutes remplies. Enfin les femmes sont ainsi, elles n'aiment que ceux qui les méprisent.

— Babet Grigny et Meister... fit Thomas Skins.

— Et d'autres, répondit le Nantais. Aujourd'hui, pour la première fois, la Maya a vu notre miroir à putains. La voilà prise comme les autres. C'est une vilaine histoire car je me demande ce que dira le vieux rouquin de Tirdell quand il découvrira ce joli jeu d'amourettes...

Dès le lendemain, nous aperçûmes Isabel la Maya. Elle était hautaine comme une fille de Castille et de peu de bruit. Elle marchait comme marchent les reines. Son rousseau de père la contemplait avec ravissement. Nous agissions de même et quand elle parlait, nous écoutions ses paroles voler dans l'air comme de jolis oiseaux chanteurs.

Elle passa devant nous, les yeux baissés avec distinction et répondit par un sourire à notre salut.

Mac Graw la regarda disparaître derrière une haie de cannes à sucre. Puis il haussa les épaules : « Ce n'est pourtant pas toute la vie », dit-il à voix haute.

Nous avions pris nos quartiers, à *L'Ancre de Saint-Georges* depuis huit jours et, déjà, la conduite de « Monsieur de Marceau » se laissait deviner. Clins d'yeux langoureux, chansons castillanes brèves et brûlantes, toilettes de petit maître, tout entrait dans le jeu du séducteur de *L'Etoile Matutine.* Le vieux coureur de mer pouvait être fier d'un tel matelot. Nous nous réjouissions de ses succès et nous pensions que c'était une sorte d'honneur pour notre bande d'aventuriers frustes et cruels de pouvoir présenter au monde un tel freluquet. Au surplus « Monsieur de Marceau » se conduisait comme un autre dans l'action, ni mieux ni plus mal. Il savait lancer le couteau, tirer le mousquet, manier une épée ou un sabre d'abordage. George Merry l'estimait et nous pensions tous qu'il lui laisserait le choix de commander la première barque de prise qui vaudrait qu'on hissât à sa corne le pavillon noir de notre confrérie.

Isabel la Maya qui semblait, en vérité, nous considérer de même que des bêtes mal léchées, répondait aux œillades de Marceau par de jolis sourires et, à l'occasion, par des propos savants.

Elle et lui parlaient comme on parle dans les livres. « Monsieur de Marceau » taquinant du bout des lèvres les barbes d'une plume d'oie rêvait des matinées entières devant une feuille de papier blanc. Mac Graw nous confia qu'à son avis, l'attitude de « Monsieur de Marceau » était celle d'un homme qui écrit des vers, c'est-à-dire, en d'autres termes, l'attitude « d'un veau amoureux », selon sa propre expression.

Nous autres, groupés autour de George Merry, comme des rats autour d'une lanterne, nous mettions au point les préparatifs de notre expédition afin de retrouver le trésor de Flint. « Monsieur de Marceau » ne manquait pas d'assister à nos réunions car ce jeune homme de qualité aimait l'or tout autant que les filles, si ce n'est plus.

Sur le sol carrelé de notre dortoir, George Merry étalait tous les papiers de Flint qui, autrefois, avaient été en la possession de Meister, personne ne savait en quelles circonstances. Il y avait une carte jaunie, coupée dans ses plis, qui reproduisait le détail de la côte aux alentours de Porto-Bello. Un bois de lataniers et de gros cocos, non loin d'une petite anse occupée par quelques ajoupas d'Indiens, était marqué d'une croix. Une autre carte donnait le plan de ce bois assez étendu et composé au Nord-Est d'une végétation d'arbustes qui paraissait inextricable, en se tenant au dessin du géomètre d'occasion. Un sentier serpentait au plus profond de ces fourrés. Là, près d'un arbre effeuillé qui ressemblait à une sorte de gibet, le trésor était enfoui.

— Le vieux savait choisir ses coins, dit Mac Graw en posant un doigt sur le dessin. Si nous trouvons l'arbre, nous trouverons la corde... Il ne faut jamais provoquer la Mauvaise-Chance...

— Nous ne risquons rien, dit George Merry.

— C'est bien possible, répondit Mac Graw. Il passa sa main dans la crinière de vieux lion. Puis il bourra sa pipe de tabac.

Le soleil brûlait dans le ciel ainsi qu'un brasero. En vérité la chaleur était infernale. Nous ne savions que nous traîner sur le sol, pour chercher des places fraîches comme des vers de terre, nus et cuits par les cruels rayons.

Une première expédition fut décidée. George Merry en tête, nous suivîmes la route au bord de la mer. Le soleil était déjà brûlant quand nous arrivâmes à un petit port d'Indiens pêcheurs, nommé Porto-Negro. Nous nous allongeâmes quelques minutes à l'ombre d'une grande case abandonnée. Il y avait là George Merry et sa carte, Marceau, Mac Graw, Mouton-Noir, le Nantais, Bartholomiew et votre serviteur. Les autres, pour ne point éveiller les soupçons, avaient pris une mauvaise route qui conduisait dans l'intérieur des terres, vers un paradis de marais peuplé de vermine. Dans cette case, nous eûmes le tort de boire de l'eau trop fortement additionnée de rhum, ce qui fit que la chaleur nous incommoda davantage. De grosses mouches ingénieuses et persévérantes nous torturaient. Mouton-Noir se mit à geindre d'horrible et répugnante manière, car une blessure qu'il avait reçue à la jambe venait de se rouvrir. Le sang s'élargissait sur la serviette blanche qui la bandait et les mouches, attirées par l'odeur, tentaient de dévorer tout vif le misérable dont le visage ruisselait de sueur.

— Bon Dieu ! Seigneur ! hurlait Mouton-Noir. Ne m'abandonnez pas, camarades ! Vous ne laisserez pas le pauvre Mouton-Noir crever comme un chien sur cette route !

— Ferme ta vilaine gueule, matelot. Il fait assez chaud comme cela. Nous n'avons pas besoin de tes cris par surcroît... dit Merry.

Alors, Mouton-Noir se fâcha. Il dit que nous voulions l'abandonner pour nous emparer de la portion du trésor à laquelle il avait droit. Il vociférait, prenait le ciel, et surtout les cases du village, à témoin de notre félonie. Ce qui eut pour résultat d'attendrir George qui tira un pistolet dissimulé dans les basques de son bel habit bleu à galons d'argent : « Tais-toi, chien ; nous t'emmènerons avec nous mais à la condition que tu te taises. » Il lui mit sous le nez son pistolet chargé et ce geste valut tout un discours. Mouton-Noir se tut. Il soufflait comme un bœuf de labour et tirait sa langue le plus qu'il pouvait hors de sa bouche de même qu'un chien fourbu. Le Nantais que ce spectacle mettait en gaieté lui allongea une grande tape entre les épaules et Mouton-Noir jeta un long cri de bête.

Il fallut bien repartir. Pour transporter Mouton-Noir, nous achetâmes, chez une sorte de nègre espagnol qui surveillait une plantation de cannes, une étrange brouette fabriquée de morceaux de caisses d'emballage. Nous installâmes le blessé sur ce char de triomphe et nous le poussâmes dans le chemin cahoteux où les cailloux brûlaient les pieds à travers nos bottes et nos souliers. A l'horizon, un bois s'élevait comme une buée dans le ciel aussi lourd qu'une cangue. Mouton-Noir gémissait et nous insultait selon la qualité des trous que la brouette rencontrait sous sa roue. Il cuisait dans cette caisse mal équarrie. Par deux fois, Mac Graw dut refaire le pansement. Mouton-Noir laissa sa chemise dans cette opération. Malgré tout ce qu'il nous fallait endurer nous-mêmes dans cette marche sur cette route d'enfer, nous ne pouvions nous empêcher de rire en contemplant les expressions variées du visage écarlate de notre damné compagnon.

— Tu chantes bien, disait le Nantais. Tu as l'air d'un évêque en tournée épiscopale. Tu peux nous bénir, car tu pèses lourd, charogne !

Nous atteignîmes le bois de lataniers, d'acajous et de gros cocos. Une ombre merveilleuse nous y attendait. C'était comme dans l'intérieur d'une cathédrale. Mac Graw perçut le murmure d'une source que nous découvrîmes tout de suite dans l'herbe drue. Un beau serpent effarouché se dressa en col de cygne et nous céda la place. Nous pûmes boire longuement, le visage posé à plat sur l'eau. Mouton-Noir, rasséréné, tomba le dos sur l'herbe, les bras en croix, les yeux au ciel.

Mac Graw ne cessait de se plonger la tête dans

l'eau vive. Il riait comme un enfant en tournant sa face ruisselante dans toutes les directions. Marceau pour ne pas déranger la belle ordonnance de sa chevelure se contenta de passer plusieurs fois un mouchoir trempé sur son visage mais il laissa ses belles mains blanches et homicides s'amollir dans le courant du ruisselet murmurant.

Il fallut reprendre nos recherches. Mac Graw et George Merry allaient devant en consultant la carte ; nous suivions sans faire trop de bruit. Le Nantais et Bartholomiew soutenaient Mouton-Noir qui boitillait entre les deux hommes. « Monsieur de Marceau », un œillet sauvage entre les dents, chantonnait, la main sur la poignée d'une courte épée à large lame.

Quand nous fûmes arrivés devant le sentier qui devait aboutir à notre fortune, nous aperçûmes à une centaine de toises un acajou mort dont les branches dénudées simulaient assez bien un gibet. Devant l'arbre patibulaire, Bartholomiew se signa. C'est alors que Mac Graw dit à voix très haute : « Frères, nous sommes joués, la pie n'est plus au nid. D'autres que nous ont déniché les œufs ! »

George Merry s'élança dans le sentier à la suite de Mac Graw et nous aperçûmes à quelques toises du sentier, une petite case, en vérité assez coquette, pimpante, mystérieuse et féminine.

— Le trésor fut trouvé par les divinités sylvestres de ce lieu, fit Marceau.

— Ce n'est pas sur la carte, dit George Merry.

Mac Graw fit le tour de la case.

— Tout est fermé, dit-il, et la porte est solide.

Mais peut-être pourrions-nous la faire sauter avec de la poudre.

George Merry prit sa poire à poudre et en versa le contenu sur une feuille de papier.

— Laisse cela, George, si tu veux m'en croire, fit Marceau. Il n'est pas prudent de signaler notre présence en ces lieux. Hosea Tirdell nous donnera peut-être un renseignement à ce sujet. Si nous pénétrons là-dedans par la force cela fera une manière de scandale dont nous ne tirerons aucun profit. Mieux vaut revenir à *L'Ancre de Saint-Georges* nous informer de cette demeure avec adresse et courtoisie et reprendre la route à bon escient. Cette case n'est pas abandonnée.

— Il est vrai, dit Mac Graw.

George Merry se frappa le front. « Mouton-Noir demeurera ici avec des vivres et ses pistolets. Il se désaltérera à la source et fera le guet en se dissimulant dans les bois. La surveillance est facile. Demain, à la nuit, l'un de nous viendra le relever.

— Tu crains un piège ? demanda Mac Graw.

Merry haussa les épaules, selon son habitude à terre, car, dès qu'il touchait le sol, il se sentait irrésolu.

— Cette case en ce lieu..., fit-il. — Et il essaya de voir à travers une étroite fenêtre vitrée, protégée par d'énormes barreaux de fer. — Cette case... J'aperçois tout de même une forme livide... On dirait un Christ sur sa croix... Cette case n'est peut-être qu'une chapelle, après tout.

— Cela sent les fleurs bénites, dit Bartholomiew qui reniflait sous la porte comme un dogue.

Le lendemain, tard dans la matinée, nous nous réveillâmes encore fourbus à la suite de nos fatigues et de notre déception de la veille. A Mac Graw fut confiée la mission de confesser Hosea Tirdell, le coquin roux, et de recueillir à travers ses propos ce qu'il pouvait savoir sur la mystérieuse chapelle du Bois de Porto-Negro. Cette besogne, en vérité délicate, demandait de l'astuce et de la raison. Nul ne pouvait la remplir mieux que notre chirurgien.

— Tu pourrais t'occuper de la fille, dit George Merry à « Monsieur de Marceau » qui, lavé et rasé, se pavanait dans le patio en se faisant valoir.

— Je ne dis pas non, répondit Marceau.

Dès ce jour, il mit tout en œuvre pour obliger la Maya à capituler. Il lui écrivit des vers ; il lui chanta des chansons où il la comparait à l'astre des nuits qu'il appelait dans son langage d'amoureux : la pâle Hécate. Ces mots agissaient merveilleusement sur la raison de cette hautaine créature qui pensait avoir rencontré dans ce coquin disert un Prince Charmant envoyé par le ciel. Ce n'est que dans la suite des événements que nous connûmes par le menu les détails d'une passion qui illuminait les jours et les nuits de la divine Isabel. Ce fut elle qui écrivit la première à « Monsieur de Marceau » pour se plaindre de la surveillance sévère de son père adoptif qu'elle exécrait. Elle appelait Hosea Tirdell : le suppôt du Diable. Elle avait pensé le dénoncer à l'Inquisition. Mais elle avait hésité depuis le jour où Tirdell avait offert à Notre-Dame Purissime de Porto-Bello une vierge en argent massif. Isabel et sa servante avaient dû nettoyer de la terre humide qui la vêtait de boue, cette statue d'un travail délicat et savant. Dans un autre billet la Maya demandait à son soupirant de la soustraire à l'autorité de Tirdell et de fuir avec elle loin de ce pays dont elle avait horreur.

« Monsieur de Marceau » n'avait rien obtenu de la jeune fille, malgré tous ses talents, si ce n'est la permission de baiser ses mains blanches et potelées, à l'occasion.

Notre gentilhomme de fortune se brûlait aux feux qu'il avait allumés et cuisait lui-même dans son désir comme un damné dans les chaudières de Satan.

— Je suis surpris, nous confiait Mac Graw, que ce gracieux olibrius, avec ces façons de simonet en soit arrivé à ses fins. Les beaux yeux des femmes sont aveugles. Donne-moi du rhum, Bartholomiew. Oui, la créature du Seigneur est une énigme et celui qui en découvrira le secret laissera un nom dans l'histoire plus grand que ceux d'Hermès Trismégiste, Nostradamus et Platon...

— Tu oublies Morgan à la Vera-Cruz et Gow l'Ecossais, fit George Merry, que le souci de trouver ce trésor rendait plus maigre de jour en jour.

— C'est en effet une fille étrange que la Maya, dit Le Nantais. Oh ! je dis cela en tout bien tout honneur. Car, pour mon goût, les filles de Maracaïbo valent bien ces marquises que nous découvrîmes un jour dans la Sainte-Barbe du *Pluton*. Tu te rappelles cette affaire, George ? Elles n'étaient point belles ni gracieuses en tout et pour tout, mais, dame, c'étaient des demoiselles de qualité.

— Les fous, dit Mac Graw, ne sont pas les envoyés de Dieu mais du Diable. Cette fille est folle et, bien qu'elle soit plus dévote qu'une duègne, le feu qui la consume n'est pas celui qui réchauffe les saintes.

« Monsieur de Marceau » écoutait nos propos avec bienveillance et se curait les ongles en souriant, sans répondre. Il sifflotait entre ses dents une ariette à la mode dans les possessions françaises. Il ne nous narguait point ; mais il semblait dire : « Allez, mes enfants, pensez ce que vous voudrez, c'est dans mes mains que le fruit tombera de la branche. »

A vrai dire, je n'ai jamais très bien compris l'attitude d'Hosea Tirdell dans cette histoire. Je pense maintenant que le vieux drôle ne demandait pas mieux que de donner sa fille à Marceau. Je pense aussi qu'il n'eût point hésité à confier le commandement d'un navire à son gendre, en se réservant, comme de raison, une part sur les prises. Mais tous ces projets ne devaient point atteindre leurs buts.

Cette idée d'un mariage possible nous amusait tous. George seul ne la trouvait point plaisante.

— Cela ne doit pas se faire, disait-il. Il faut prévenir le vieux Tirdell. Marceau n'est pas un mari pour sa fille, et ceci est encore tout à l'honneur de Marceau qui ne peut, f… !, s'embarrasser de pareilles mômeries.

— Laisse cette histoire tranquille et tu t'en trouveras bien, déclara Mac Graw pour conclure. Et, comme toujours, Merry lui donna raison. Mais, cette fois, il eut tort.

Les amours d'Isabel la Maya et de « Monsieur de Marceau » nous accaparaient l'entendement à tel point que nous oubliâmes le trésor et Mouton-Noir qui faisait toujours le guet devant la chapelle abandonnée.

Un matin nous le vîmes apparaître dans le cadre de la porte du patio de *L'Ancre de Saint-Georges.* Il était blême comme un corps échappé du tombeau ; il avançait en boîtillant, et ses yeux reflétaient une telle quantité de fureur que nous demeurâmes devant lui, la bouche ouverte, comme devant l'apparition d'un fantôme.

— Viande de porc ! hurla-t-il. C'est ainsi que vous accomplissez vos devoirs ! C'est ainsi que vous venez me relever de ma garde, faillis chiens, fils de chienne que vous êtes tous, y compris George Merry et ce chirurgien de mes fesses qui n'est bon qu'à caqueter ! Si je n'étais blessé à la jambe, pourceaux du diable ! j'en saignerais une douzaine. Et je veux être damné si je ne dis vrai !...

— Allons, allons, fit George conciliant, ne crie pas si fort. Tu auras du rhum. Bartholomiew, donne un flacon de rhum à cet orgueilleux. Va, Mouton-Noir, bois, mon matelot ; quand tu auras bu, tu sauras que la vie est belle et qu'il n'est point besoin de renier Satan pour trois journées et trois nuits passées à la campagne... que dis-je ! dans le seul endroit frais et charmeur de cette campagne maudite.

Un flacon de rhum nouveau eut raison de la fureur de Mouton-Noir. Il but tout ce qu'il put boire et tomba comme un arbre dans le carré de lumière que le soleil dessinait dans la cour. Nous le tirâmes par les pieds charitablement afin de lui mettre la tête à l'ombre et de lui laisser cuver le liquide chaleureux qu'il venait d'absorber sans modération.

Quand il se réveilla, à l'aube, un peu calmé, il nous conta son histoire. Elle était brève et énigmatique :

La première nuit de garde, il avait entendu des voix : des voix de femmes, précisa-t-il. Et puis comme il tendait l'oreille et rampait pour se rapprocher, il s'était trouvé face à face avec un gros mâtin de boucanier. Le dogue avait donné de la voix. Des nègres l'avaient entouré et ficelé debout contre un coco. Il était resté dans cette fâcheuse posture le restant de la nuit et la journée du lendemain. Au commencement de la nuit suivante, il s'était amolli dans ses cordes et était tombé en pâmoison. En se réveillant au jour, il se trouva libéré de ses liens et couché au bord de la source. L'eau fraîche l'avait ranimé et, en rassemblant ses forces, il avait pu rejoindre notre quartier général.

Mac Graw, ayant écouté le récit de cette aventure, hocha la tête plusieurs fois. Mais sans donner son opinion. « Il faut réveiller George », dit-il.

On réveilla George qui tout en bâillant à se décrocher la mâchoire écouta le récit de Mouton-Noir.

— C'est peut-être un avertissement de l'Inquisition ? dit-il.

— Oui, répondit Mac Graw. Et il fait trop

chaud, mon fils, pour rendre son dernier souffle au bûcher.

*

Les séductions de « Monsieur de Marceau », nous n'en pouvions douter, obtenaient un résultat. La passion dominait la jolie Isabel. Elle ne vivait plus que dans la contemplation de son amoureux. Celui-ci observait en notre présence une attitude déférente, éprise et chattemiteuse qui ne donnait point le change, car nous savions ce qu'il fallait penser des sentiments de ce trop beau jeune homme.

— Si l'expression se noyer dans ses propres larmes est exacte, disait Mac Graw, je crains pour la Marguerite une fin dans ce genre.

Cette aventure brisait heureusement la ligne un peu trop droite de l'existence que nous menions dans la solitaire auberge de Tirdell. D'un autre côté nous avions perdu toute confiance dans la découverte du trésor de Flint. George Merry, assez découragé par cet échec, parlait déjà de reprendre la mer quand un événement inattendu vint nous redonner de l'espoir, en faisant, de nouveau, miroiter des doublons et des pierres précieuses dans nos rêves.

Un jour d'inactivité pesante et monotone, au crépuscule nocturne d'une journée de feu, Marceau, devant nous tous, mit la main sur l'épaule de Merry et dit : « Je crois connaître l'emplacement du trésor de Flint. Il existe, mais il a changé de cache. Voilà tout. »

A ces mots, nous nous détendîmes comme des ressorts d'arbalète. George Merry ouvrit la bouche et se gratta les joues ; il ne put que balbutier ces mots : « Comment sais-tu ? »

— J'ai mon idée, dit Marceau. L'affaire est délicate. Il faut que je puisse travailler seul. Entendez-le, je suis le seul en ce moment qui puisse mener à bien cette découverte. Pour cette raison, je demande une demi-part en plus de la mienne. Ce n'est pas selon la loi, je le sais, mais songez que sans mon intervention, vous ne trouverez rien...

— Et pourquoi, dans ce cas, ne gardes-tu pas le trésor pour toi seul, fit Mac Graw en souriant.

— Parce que j'ai besoin de vous, répondit Marceau, sans se gêner. Il me faut des hommes et un navire, des hommes de confiance et un navire qui puisse se défendre.

Il ajouta, non sans un peu de mélancolie : « Nous sommes tous liés par notre destin. »

George Merry approuva : « Le trésor de Flint, si j'en crois les papiers et les dires de Meister, comprend de l'or en barre, de l'or monnayé, du vif-argent, des objets d'église précieux et des bijoux... Il y aura peut-être vingt ou trente caisses à transporter, à cause des objets du culte des Papaux.

— On a dit que Flint avait retrouvé le trésor des Incas, fit le Nantais.

— Je n'en sais rien, répondit Merry... Mais nous acceptons ta proposition, Marceau. Il se tourna vers nous : « Faut-il voter ? »

Le Nantais prit sa Bible et nous jurâmes d'observer scrupuleusement la décision du vote impromptu qui accordait à notre camarade la demi-part de butin qu'il réclamait en sus de la sienne. Et l'espoir vint nous ranimer comme un vent frais.

Le lendemain « Monsieur de Marceau », après avoir procédé à une toilette raffinée, sortit de sa chambre, enfourcha une mule bien harnachée qui appartenait à Hosea Tirdell, et prit la route de Porto-Negro.

C'était un véritable petit maître. Coiffé de son fameux « combre galucheux » comme il disait, vêtu d'un bel habit jonquille à galons d'argent, d'un gilet brodé au plumetis, d'une culotte de velours vert, de bas blancs, et chaussé de souliers français, il pouvait éblouir une señorita encore plus hautaine qu'Isabel la Maya.

— Le fait est qu'il est charmant, fit Mac Graw, d'une drôle de petite voix tendre et pointue.

Marceau et sa monture ayant disparu dans un pli de la route, nous rentrâmes pour prendre notre repas du soir en émettant des propos favorables sur la belle tenue et le galant équipage de notre ami. L'espoir nous rendait plus indulgents que de coutume.

Pendant les deux jours et les deux nuits que Marceau demeura éloigné de nous, nous revînmes à Porto-Bello afin de remettre en état *L'Etoile Matutine* et la tenir prête à appareiller en peu de temps. De nous retrouver sur le vieux bâtiment nous fit plaisir. L'odeur de la mer nous rendait plus gaillards.

— Quant à moi, dit Mac Graw, je suis bâti pour vivre à terre comme une merluche pour se percher dans un pommier ! Il huma la brise du large.

Thomas Skins qui avait pris le commandement de *L'Etoile Matutine* en l'absence de George Merry nous rassura sur les événements. Les autorités espagnoles ne paraissaient pas se soucier de nous. Bien au contraire, Thomas Skins, Pew et Eliott qui étaient restés à bord s'étaient liés d'amitié avec les douaniers du Vice-Royaume. Ils avaient bu ensemble et ces messieurs pour leur rendre la politesse les avaient conviés à aller voir brûler sur un bûcher de bois sec quelques hérétiques condamnés par la Sainte-Inquisition.

Thomas Skins résuma l'impression générale des spectateurs de l'autodafé en affirmant que ce n'était pas un spectacle d'été. Ayant mis tout en ordre sur notre bâtiment, nous fîmes nos adieux à Thomas Skins en lui recommandant de faire courir le bruit que nous reviendrions bientôt avec une cargaison de poteries indiennes de terre poreuse que nous espérions revendre avec profit à Savannah, dans le Nord.

Ceci dit, nous sautâmes sur le quai et nous reprîmes le chemin de l'auberge de *L'Ancre de Saint-Georges*. Nous traversâmes Porto-Bello ainsi que d'honnêtes matelots de commerce. Plus nous approchions du but plus nous marchions vite. Nous espérions apprendre du nouveau en arrivant au gîte. Et c'est en effet des nouvelles toutes fraîches qui nous attendaient puisque « Monsieur de Marceau » se trouvait en personne devant la porte charretière, allant de-ci de-là, de même qu'un homme très préoccupé.

D'aussi loin que nous l'aperçûmes nous le saluâmes en lançant nos chapeaux en l'air et en poussant une grande clameur. A ce bruit Marceau pivota sur ses talons. Il nous aperçut et vint au-devant de nous, à petits pas. Il ne paraissait pas gai et rien qu'à sa mine nous pensâmes que la découverte du fameux trésor était compromise pour la deuxième fois.

Mac Graw ayant d'un coup d'œil jugé la situation affecta de ne rien demander, mais George Merry qui n'était point patient n'hésita pas à poser la question que nous attendions tous.

— La garce m'a pris pour un béjaune, fit « Monsieur de Marceau » en mâchant ses mots comme de l'herbe amère.

— Et le trésor ? demanda George Merry.

— Il n'y a pas de trésor ! La fille m'a joué et bien joué, je le confesse.

Nous fîmes quelques pas sur la route et nous tînmes notre conciliabule dans un champ loin des oreilles curieuses. La soirée était belle et le décor en valait d'autres. En vérité nous nous moquions bien du décor. Mais avant de donner notre opinion nous écoutâmes le récit de notre malchanceux séducteur.

— Il faut dire, fit Marceau, que depuis huit jours j'ai acquis la conviction que le trésor fut découvert il y a deux ans par Hosea Tirdell, un peu avant qu'il fît don de cette vierge d'argent à son ratichon de malheur. Je n'ai fait la cour à cette pimbêche enrubannée que pour en avoir le fin mot. Il y a trois jours, à la suite de certains propos, je pus tenir pour certain que la Maya connaissait l'existence de ce trésor et que par elle, et surtout grâce à la passion que j'ai su lui inspirer, je pourrais à mon tour mettre la main sur ce qui pouvait en rester dans une autre cachette que la Maya connaît. Que le Glier (le diable) emporte les donzelles qui lisent Cyril Turner, l'Arioste, Corneille et l'Arétin ! Quand je vous ai dit que je prenais sur moi de découvrir le trésor de Flint, c'est après avoir lu ce billet que je vais vous montrer.

Marceau fouilla dans son portefeuille en peau de cochon et en retira une petite feuille de papier blanc dans l'angle gauche de laquelle un dessin rehaussé de lavis représentait deux colombes qui se becquetaient tendrement.

— Tenez, fit Marceau, lisez, et dites-moi si je mens.

Mac Graw prit la lettre d'amour et ayant ajusté ses bésicles en commença la lecture. Ce n'était pour le début que des phrases passionnées où notre Marceau se trouvait comparé aux plus beaux esprits de la mythologie. Le damné forban élevé au rang de demi-dieu eût tout juste considéré Jupiter comme son cousin. Après maintes extravagances de ce genre, nous arrivâmes à la partie la plus substantielle de cette épître qui tenait dans toute cette phrase sans équivoque, tracée d'une main sûre en caractères élégants : *O amour, amour,* écrivait Isabel, *mon chevalier aux beaux yeux, ce soir quand Phoebé rappellera les douces colombes dans le sein d'une nuit parsemée de pierres précieuses, je t'atten-*

drai, où tu sais, pour t'offrir ce trésor que tu convoites, auprès de quoi les diamants du ciel n'offrent qu'un cristal terni. Ce trésor, je te le destine, ô bien-aimé à la chevelure d'ange ; tu le pilleras à ton caprice, ô mon coureur de rêves. Et nous irons vivre loin de Tirdell que j'abhorre : Je ne saurai trop payer de toute ma fortune la félicité que ton visage me procure et ton amour qui rayonne sur moi comme la lumière du Seigneur !...

Quelques lignes suivaient, d'un intérêt plus pratique, pour dicter à Marceau des conseils sur la manière dont il devait user afin de parvenir à l'endroit où la Maya l'attendait.

— Il me semble évident... déclara George Merry.

Mac Graw ne le laissa point parler.

— Evident, évident !... c'est clair comme de l'eau de source... Mais quelle fut ta conduite ? O Apollon de Sainte-Barbe ! Eros d'artimon ! Narcisse de cacatois !

— Je ne fus pas long à me rendre à l'endroit choisi, dit « Monsieur de Marceau ». Je m'en fus sur ma mule, comme vous avez pu le voir à mon départ, jusqu'à la petite case marquée sur la carte que George Merry nous a montrée. Une quarteronne plus vive qu'une guenon me prit par la main à l'orée du sentier où notre ami Mouton-Noir faillit rendre son âme de chien. La nuit était sombre. Cette diligente négrillonne me poussa dans l'intérieur de cette case et fit de la lumière. Alors, j'aperçus, parée de dentelles blanches et couchée sur des fleurs, la Maya qui m'attendait sur un lit de repos moelleux, telle une dame peinte dans ces livres de sainteté que l'on donne aux enfants pour les rendre plus niais. « Amour, mon amour ! » fit la Maya à demi pâmée.

Je m'approchai d'elle, et son haleine acheva de me griser. C'est alors qu'elle me murmura contre l'oreille : « Le trésor, ô mon bien-aimé, le trésor que j'ai gardé pour toi... »

— Tonnerre ! fit Mac Graw, il faut être un âne comme tu l'es pour n'avoir pas compris que cette demoiselle entendait par trésor le don précieux qu'elle te faisait de sa personne.

— Je le confesse, répondit Marceau. La suite... la suite...

— Oui, f...u narquois à l'eau de fleur d'oranger, ricana Mac Graw, tu nous la bailles belle avec ta marquise ! Un enfant de dix ans aurait vu clair dans ce jeu ! Et nous sommes là comme des chevaliers-bécassons, debout sur un pied à guetter inutilement la grenouille et à baver d'admiration devant tes exploits !

Pour en finir « Monsieur de Marceau », accablé par nos sarcasmes, se retira dans sa chambre. Ce soir-là, il ne taquina pas sa guitare, bien que la fenêtre d'Isabel fût ouverte et qu'une petite lumière brillât dans la chambre de la nouvelle jeune femme.

*

Devant ce résultat, George Merry nous réunit en conseil de guerre. A la suite de cette réunion, il fut décidé que nous embarquerions à la fin de la semaine, le temps de simuler le cérémonial d'un chargement de barque marchande. Nous étions déconfits et furieux, et chaque fois que nous rencontrions sur notre chemin Marceau, dont nous avions fait notre bouc émissaire, nous ne manquions jamais de le couvrir de brocards.

Mac Graw était le plus acharné. Il appelait Marceau : l'Antinoüs de Porto-Negro, ou le Veau pomponné.

Ces expressions mettaient notre homme dans un état d'exaspération qui alla en augmentant jusqu'au moment où il menaça de se passer son épée au travers du corps.

Cette menace fut accueillie par les ricanements de la bande. Et notre camarade devint plus sombre que le teint d'un nègre. En vérité, insouciants et légers comme nous l'étions tous, nous ne pensions plus à ce trésor fantôme, que nous supposions, maintenant, devenu la propriété d'Hosea Tirdell.

La nostalgie de la mer nous gagnait et nous étions réconfortés par l'idée de continuer notre course vers Carthagène. Nous avions appris qu'un important navire de commerce hollandais devait sortir de ce port vers la fin du mois et nous espérions le surprendre afin de remettre en état nos affaires malmenées par la mauvaise chance de ces derniers jours. Il nous fallait d'abord remonter notre artillerie à marée basse : ce qui n'était point un travail facile et agréable.

Nous réunîmes des provisions pour une quinzaine de jours à bon compte, grâce à l'entremise de Tirdell qui savait parler aux natifs. Et c'est alors que se produisit un fait nouveau qui nous obligea à déguerpir au plus vite, comme vous allez le savoir.

Mac Graw et Bartholomiew étaient occupés à appliquer une douve à un tonnelet à eau quand une servante noire, dont les yeux blancs roulaient effroyablement, s'élança vers nous en criant : « Venez, venez tous, la niña a la gorge coupée ! Elle est étendue sur sa couche comme un agneau blanc... Purrissime ! »

Mac Graw suivit la servante, et nous accompagnâmes Mac Graw. La chambre de la señorita était grande ouverte. Isabel gisait en travers de son lit, la tête pendante ; le sang qui coulait de son cou se confondait avec sa chevelure qui traînait sur le carrelage du sol.

— Sainte Femme ! dit Mac Graw. Il l'a saignée comme une brebis ! Il se pencha sur la victime et releva son front soucieux : « Elle est morte », dit-il.

Et soudain notre ami se montra d'une activité surprenante. D'un bond il ferma la fenêtre, d'un autre la porte. Il prit sa ceinture et attacha les mains de la servante. La négresse prise de terreur ouvrait la bouche pour hurler à l'aide. Mac Graw lui enfonça son mouchoir entre les dents.

— Maintenant, il faut fuir ces lieux, camarades... Allez prévenir George. Ne montrez aucune agitation. Agissez comme si rien ne s'était passé ici. Marceau a tué la fille. Il faut regagner *L'Etoile Matutine* et prendre le large avant que Tirdell ne se soit aperçu du meurtre. Il ne faut pas qu'il puisse prévenir les gens de la Sainte-Inquisition. Dites-vous bien que la corde n'a jamais été si près de nos cous.

Par bonheur, Tirdell n'était point à l'auberge. Il était parti à l'aube pour se rendre à une case à café qu'il possédait pas loin de Porto-Negro. Nous pûmes agir en toute sécurité. La négresse avait été ficelée au pied du lit de sa maîtresse, que nous avions laissée dans l'attitude où la mort l'avait prise.

— Dépêchons-nous, murmurait George Merry. La négresse peut donner l'alarme aux gens de la maison. Il faut fermer à clef la porte de la chambre de la Maya.

Nous bouclâmes la morte et la vivante d'un tour de clef. Puis nous jetâmes la clef dans le puits. Pour ne pas donner l'éveil aux esclaves qui travaillaient autour de *L'Ancre de Saint-Georges,* nous partîmes par petits groupes nonchalants et rieurs. Mac Graw et George Merry sortirent les derniers de la funèbre auberge.

Nous arrivâmes au quai de Porto-Bello sans avoir attiré l'attention des Espagnols. Une forte brise soufflait de terre. L'enfer nous protégeait encore une fois. George Merry et Mac Graw, assis sur des caisses de vivres et de tabac que nous embarquions rapidement, on peut le croire, devisaient paisiblement avec les agents de la Douane et un alguazil obèse qui se tenait au milieu du quai comme une sorte de monument mortuaire. Mais nos deux compères ne cessaient de regarder devant eux la grande rue de Porto-Bello qui, sans miracle, pouvait tout d'un coup s'emplir d'une foule justicière.

Enfin, tout fut paré. Mac Graw et George prodiguèrent les derniers témoignages d'amitié et montèrent à bord. Je m'apprêtais avec l'aide de Bartholomiew, à retirer la planche qui nous servait d'échelle, quand je vis accourir vers nous, en levant les bras, un homme couvert de poussière que nous eûmes quelque peine à reconnaître. C'était cependant notre ami Marceau, l'auteur de tout ce beau travail. Il sauta à bord plutôt qu'il ne monta, et *L'Etoile Matutine* déborda lentement à grands renforts de rames. A deux cents toises du rivage, au moment d'entrer sous le vent du château, nous hissâmes les voiles qui s'emplirent peu à peu et s'arrondirent harmonieusement. Nous avions vent arrière. *L'Etoile Matutine* passa comme une flèche devant les canons de la Vice-Royauté.

C'est alors que nous nous occupâmes de Marceau. Il était assis sur un rouleau de manœuvres et aiguisait son coutelas avec une pierre à faux. Maintenant que la terre semblait s'éloigner de nous avec une vitesse rassurante, le matelot avait repris de l'assurance. Ce n'était plus le petit maître poudré qui trottinait sur des souliers français à hauts talons, mais un gentilhomme de fortune coiffé d'un bonnet de marin dieppois.

D'un commun accord, nous décidâmes de ne point lui parler de cette affaire qui, en somme, ne regardait que lui. Au bout de plusieurs jours de navigation, quand les canons repêchés furent remis en place, Marceau retrouva sa grande gaieté. Et Mac Graw aussi, et George Merry, et tous les autres, et moi-même. Car il faut bien croire que si nous avions tous juré fidélité au pavillon noir de Spriggs, ce n'était pas pour nous soumettre à des lois sentimentales qui ne nous concernaient point.

XVIII

Cette histoire, cependant, nous inquiéta pendant plusieurs jours. L'île de la Providence, Porto-Bello, la Maya, la végétation maudite et le soleil protecteur des maladies hideuses nous entraînaient dans une voie peu réjouissante où notre imagination s'exerçait librement.

Le rhum et les filles ne parvenaient point à bannir de notre mémoire le souvenir de l'infortunée niña, la belle et tendre victime de « Monsieur de Marceau » et, dans la fumée du pétun, des images troubles ornées de détails précis nous secouaient les épaules avec un grand frisson.

Et c'est alors qu'un Breton, qui nous aidait à radouber à l'occasion et qui, lui aussi, avait entendu au large la troublante harmonie des hautbois du vaisseau damné, nous conta, pour étancher notre soif de mystère, l'aventure dont il fut témoin, dans sa jeunesse, alors qu'il n'était qu'un enfant, sans légende.

Le Breton nous raconta ce qui suit dans l'auberge même où Babet Grigny avait gravé son nom et celui de Marceau, sur la table qui sentait le rhum aigre.

*

« Mon père, déclara le Breton, exerçait la profession de naufrageur, et c'est lui qui m'enseigna les rudiments assez simples de son métier. Nous habitions une maisonnette assez simple en forme de crabe, à moitié enfouie dans les roches, au bord de la mer, à l'extrême pointe de Bretagne. Notre métier — ceci dit pour les gens qui ne se feraient pas une idée précise de notre profession — consistait à recueillir les épaves que la mer venait déposer dans un petit golfe dont nous connaissions les courants. Des journées entières, alors que les nuages s'amoncelaient pour annoncer la tempête nourricière, nous regardions l'horizon avec une grande lunette marine. Comme deux araignées au centre de leur toile, nous guettions le navire infortuné que son mauvais destin conduisait vers le récif de Ker-Goez pour se disloquer dans le gouffre mugissant. Je ne connaissais pas de pêche plus passionnante que cette pêche à l'épave. Tantôt un tonnelet de rhum roulé par la vague venait s'échouer sur le sable blanc ; c'était encore un canot portant le nom d'un navire anglais, des caisses de biscuits, des vins d'Espagne épais et noirs comme le sang. Je vivais avec mon père de longues heures de soûlerie mélancolique devant des bols de punch. Il me parlait de son métier et du mien avec une passion juvénile. Dans l'exaltation de l'ivresse, il bénissait les démons hurlants de la tempête et quand les hommes se signaient en mer ou, loin de nous, sur la

Côte, il jetait son bonnet en l'air avec une allégresse sacrilège.

Notre intérieur, que nulle main de femme n'était venue adoucir depuis la mort de ma mère, s'animait singulièrement les soirs de tempête et de beuverie. Les objets pillés qui le composaient vivaient curieusement pour moi, d'autant plus que mon père, rendu loquace sous l'influence de l'alcool, me contait leur histoire en les désignant un à un avec le tuyau de sa pipe.

— Voici ce buffet... un beau buffet, f... ! C'est travaillé... f... ? On ne ferait plus ça de nos jours. Celui-là vient d'un brick « péri » du côté des Glénans, c'était en 1689, il y a longtemps... comme mon tricorne avec du galon d'argent... Et le drap bleu dont je t'ai fait couper un habit... ? Un frater de Lorient m'a racheté le reste. Ce beau coffre sculpté, il est beau, chenu ? Mais je l'ai trouvé avec toi, l'année dernière devant l'île aux Mouettes. Tu te rappelles le temps qu'il faisait ? La goélette qui nous l'offrit dansait sur l'eau comme un bouchon noir. Quel temps ! f... ! Ah ! la Côte n'aime pas les navires qui ne sont pas du pays. Malheur à l'Anglais ! Bois, petit biberon, ton sacré père l'exige.

Il riait, me tendait un bol de punch. Mes lèvres plongeaient dans le liquide chaud et sucré qui m'étourdissait.

— Et ça ? dis-je en désignant un misérable berceau d'osier qui servait de niche à notre chienne Diane ?

— Ça ?... C'était en 1693. J'ai trouvé l'objet à côté du trou aux crevettes. Encore une goélette qui n'était pas du pays ! Je dois dire que j'ai trouvé le même jour un tonneau de vin sucré... un bon vin... Hein, mon petit ? Tu en as bu.

Ainsi passais-je mes soirées avec le père, alors que le vent assaillait notre maison et que la mer furieuse canonnait la côte sur des milles et des milles.

Un soir de tempête — car tous les soirs mémorables de ma jeunesse furent des soirs de tempête — mon père, fortement excité par le rhum qu'il avait bu et la sauvagerie de la nature, se frottait les mains l'une contre l'autre dans un geste familier par quoi il exprimait son grand contentement.

— Quel beau métier, mon fils ! Je n'ai même pas besoin de tendre des filets. La Providence pourvoit à tout. Elle a soin de ses enfants... f... ! J'ai vu à six heures un grand trois-mâts avec toutes ses voiles dehors... J'ai idée qu'il a dû serrer de la toile à l'heure qu'il est...

Le vent gémissait sur la lande et j'écoutais mon père en faisant rissoler dans une poêle deux mulets que j'avais pêchés à l'entrée de la rivière.

Et l'on frappa à la porte deux coups décidés.

Mon père bondit : « C'est la maréchaussée ! » Il hésita :

— Va ouvrir, ordonna-t-il de sa voix calme.

Il cacha la bouteille de rhum et, peu rassuré, j'ouvris la porte. Le vent s'engouffra dans la pièce où pénétra brutalement une odeur d'iode, d'algues, de poisson frais, celle que traînait avec lui le damné Nicolas Moïse, et un je ne sais quoi de sucré qui sentait la mort.

Alors un homme vêtu comme un matelot entra

avec la mauvaise odeur. Il était grand et sa chair décomposée était celle d'un mort qui a longtemps séjourné dans l'eau, car son ventre extraordinairement gonflé lui donnait une silhouette burlesque et terrifiante.

Il referma la porte derrière lui et montrant son visage rongé aux gencives dénudées, ce qui lui donnait l'air de sourire, il promena ses yeux morts autour de lui, comme quelqu'un qui cherche un objet dont il ne se rappelle plus très bien la place.

Mon père faisait peine à voir. La sueur ruisselait sur son front et sa pipe qu'il n'avait pas lâchée tremblait au bout de ses doigts.

— Je suis Hans Corck, dit l'homme d'une voix étonnamment faible. Et je viens chercher mon coffre. Il est marqué au fer rouge et à mon nom. Je suis Hans, contremaître à bord du *Walrus,* et je veux mon coffre, celui que vous avez volé. A l'heure qu'il est je navigue sur *Le Hollandais-Volant.*

Le mort prit le coffre dans ses bras rongés par les poissons et, en se heurtant dans les chambranles, il sortit. Le vent l'emporta.

— Il faut fermer la porte, dit mon père d'une voix gémissante.

Et furieusement, tous deux nous nous barricadâmes, en poussant tous les meubles contre les fenêtres et la porte closes. Puis mon père se servit du rhum, m'en fit boire et, sans parler, nous attendîmes. Toute la nuit, les morts vinrent frapper à nos fenêtres dont les contrevents claquaient ; nous entendîmes leurs voix naturelles qui réclamaient leur bien. L'un voulait sa gourde, l'autre son chapeau, et tous déclinaient leur nom et celui de leur bâtiment. A l'aube le calme revint dans le ciel, sur l'eau et sur la terre. Mon père poussa un grand soupir, et se levant prit son chapeau.

— Quelle nuit... hein ? Mets ton chapeau aussi, nous allons sortir. Il n'y a plus de danger et j'étouffe ici.

Nous déblayâmes la porte et nous sortîmes. Le ciel et la mer se confondaient. Au loin, il nous sembla distinguer la haute voilure d'un vaisseau de ligne.

— J'aurais dû apporter une longue-vue, dit le père, car voici un navire...

Il ne put achever : au loin derrière les vagues, nous entendîmes avec horreur la voix d'un petit enfant qui pleurait. Alors mon père, les mains à ses oreilles, se précipita vers notre demeure ; il en revint bientôt avec le berceau d'osier qu'il jeta dans la mer.

Et, bien que nous tendîmes tous deux une oreille anxieuse, nous n'entendîmes plus rien. »

XIX

Le vieux poussait sa voiture devant lui et criait aux servantes : « Des huîtres, oh ! de belles huîtres de Wainfleet ! »

Mac Graw s'arrêta, me prit par le bras et m'obligea, en me faisant pirouetter, à contempler le vieil homme. Puis nous nous regardâmes avec un sourire attendri. La ville, la vraie ville d'Europe pénétrait en nous à travers notre peau frissonnante. Le souvenir de nos misères et de nos joies s'effaçait. Pendant quelques minutes, nous fûmes semblables aux hommes de la Cité et prêts à participer aux lois qui les réunissaient autour d'une même morale.

Sa Majesté avait offert par l'entremise de Charles Edin, écuyer et gouverneur de la Caroline septentrionale, la grâce aux gentilshommes de fortune qui feraient leur soumission avant le dernier jour de mars. Nous acceptâmes, sur les conseils de George Merry ; tout au moins quelques-uns parmi nous, puisque les autres abandonnaient *L'Etoile Matutine* pour prendre la mer avec Black-Teach que nous avions rencontré la semaine précédant la publication de l'édit.

— Soumettons-nous, opina George Merry, et ne craignons rien. La prédiction s'accomplira en temps voulu, attendu qu'aucune force, humaine ou divine, ne peut nous empêcher d'atteindre à la situation élevée qui nous revient par droit.

Il ricana, et d'un geste large : « Allez faire un tour sur le quai des Exécutions, f... ! Et retenez la place de ce chien de George Merry. »

Sur cette bonne parole, nous partîmes plusieurs pour Londres, à bord d'un vaisseau anglais dont nous complétâmes l'équipage. Nous étions bien pourvus d'argent et cet argent nous brûlait les doigts quand il nous arrivait de les glisser dans nos poches.

— Connais-tu Londres ? me demanda Mac Graw. Non ? Alors, mon petit, tu verras une belle ville, plus belle que la Vera-Cruz, et dans cette ville nous irons rendre visite à notre vieil ami Nick Spencer, le Nick Spencer du vieux *Walrus* de Flint. Spencer est, ma foi, l'un des derniers survivants de sa bande.

— Spencer est établi ! dis-je.

— Il le pouvait, le chien, car il naviguait encore à la belle époque. Il a su mettre aussi de l'argent de côté au lieu de se soûler comme nous, comme toi, comme moi. Il faut dire, pour être juste, qu'il a épousé une femme d'ordre. Ces faits ont contribué à l'édification d'une auberge à l'enseigne de *La Vieille Moll,* la vieille Moll Cutpurse qui fut enterrée, à sa demande, la face en bas, bien avant le grand incendie de Londres. Nick sera content de nous revoir.

*

Nous arrivâmes devant l'auberge de *La Vieille Moll.* C'était une petite maison basse, peinte en rouge sang de bœuf. Au-dessus de la porte d'entrée, une peinture à moitié effacée par le soleil et l'humidité reproduisait cependant les traits de la célèbre voleuse.

— Voilà l'auberge, fit Mac Graw. Entrons.

Nous perdîmes notre assurance en pénétrant dans la grande salle. Je n'ai jamais pu m'expliquer pourquoi notre valeur combative s'affaiblit du jour où nous abandonnâmes *L'Etoile Matutine.* Spencer était pourtant un ancien camarade. Il avait navigué vingt ans sous les plis du pavillon noir et n'ignorait rien de nos divertissements.

Nous entrâmes, l'un derrière l'autre, dans le salon où les cuivres brillaient sur la cheminée. Autour d'une table en chêne, trois matelots de la marine royale buvaient de l'ale dans des gobelets d'étain. Ils se retournèrent pour nous regarder et une belle forte commère nous dévisagea après avoir répondu à notre salut.

— Nous venons pour voir Nicolas Spencer, dit Mac Graw.

— C'est mon mari, dit la femme.

Mac Graw s'inclina. Sur ce, Nicolas Spencer sortit de la cuisine et s'avança vers nous en s'essuyant les mains à son tablier.

— Bonjour, Nick, bonjour, fit Mac Graw ému. Voici mon ami et moi, Mac Graw, du *Walrus.*

— Ah oui ! ah oui !... Mac Graw, ton ami ; oui, ton ami, naturellement, Mac Graw. Tenez, asseyez-vous ; je vais boire un coup en votre compagnie.

Spencer se frottait les mains l'une contre l'autre, mais il baissait les yeux d'un air gêné.

*

Sa femme nous servit — nous avions les nerfs à fleur de peau — une cruche de bière mousseuse. Chacun but et nous restâmes sans parler, les yeux fixés sur la mousse qui pétillait contre les parois des gobelets d'étain. Spencer, assis à côté de Mac Graw, regardait droit devant lui. Comme les trois matelots de la marine royale s'apprêtaient à partir, il se leva pour aller recevoir leur écot et revint prendre sa place à côté de nous.

— Alors, dit-il, vous avez fait votre soumission ?

— Oui, répondit Mac Graw.

— Vous avez bien fait.

Mac Graw haussa les épaules.

— Et George Merry ? interrogea l'aubergiste.

— Il a signé une charte-partie avec Rackam. Nous le retrouverons un jour ou l'autre, peut-être très prochainement... Et toi... Tu ne regrettes pas les Antilles ?

— Saint-Christophe ! la vieille île de la Tortue ! Et Savannah où Juanita m'a donné un coup de couteau, un soir ?... Je ne regrette rien.

Il se leva, prit la cruche, la rapporta pleine. Nous bûmes à sa santé, à celle de son épouse. Ensuite Nick Spencer repoussa son banc et nous tendit sa main droite où il manquait deux doigts : le majeur et l'index. Mac Graw prit la main et chercha le regard de Spencer qui détourna la tête.

— Ecoutez, mes camarades, dit l'ancien gentilhomme de fortune, presque à voix basse, voici de l'argent ; vous réglerez vous-mêmes la dépense, c'est plus régulier, n'est-ce pas ? Prenez l'argent, prenez-le.

Mac Graw prit les pièces, les fit sonner sur la table, et mistress Spencer accourut vers nous, une poêle à la main.

— Adieu, Nick, dis-je. Et Mac Graw porta la main à son chapeau.

Nous marchâmes longtemps sur les pavés pointus de la rue et des quais sans mot dire. Le vent de la mer secouait les enseignes des boutiques où l'on vend des articles précieux pour les navigateurs. Des femmes équivoques sortaient de l'ombre où l'odeur du goudron flottait entre deux coups de vent.

Le dégoût des choses pesait sur mes épaules et je dis à Mac Graw :

— Nous sommes seuls, seuls sur la terre, mon pauvre vieux Mac.

— Spencer aussi est seul sur la terre, répondit Mac Graw.

XX

Au gibet de Savannah, sur le quai devant la Mer Océane, un homme jeune est pendu.

Ses vêtements sont ceux qu'il portait sur *L'Etoile Matutine :* un bel habit rouge, un gilet brodé, des culottes de velours noir et des bas blancs. Le tout abondamment orné de galons d'or.

Sur sa tête, déjà décharnée, est coquettement penché son tricorne roussi par le soleil et ses mains, liées très haut derrière son dos, lui donnent l'aspect d'un bossu.

C'est George Merry, le capitaine de *L'Etoile Matutine.* Il ne fumera plus mélancoliquement sa pipe longue et, pour lui, maintenant, les Espagnoles replètes n'ont plus sous leurs jupes de quoi exciter sa curiosité.

Raide et somptueux au bout de sa corde, il attire à peine le regard des passants et l'exemple de sa mort ne remplit de crainte que le cœur des faibles.

Là-bas, sur la Mer Océane, *L'Etoile Matutine,* avec un nouveau maître, perpétue la tradition. Le pavillon noir flotte à l'antenne de son mât du mitan. Et pour les gentilshommes de fortune, qui sur le tillac parlent du passé, George Merry n'est plus qu'un détail, confondu avec les putains de Maracaïbo, le Nantais et sa négresse, moi-même et cette toute petite fille qui retrousse d'un geste inquiet sa jupe rose pour arroser la mandragore naissante au pied de l'arbre patibulaire.

NOTES

1° *Il est nécessaire de ne pas confondre corsaires, flibustiers et gentilshommes de fortune. Ces derniers, qui se disaient compagnons du* Jolly Rogers, *du nom de leur pavillon, étaient des bandits de haute mer, ne connaissant pas les lettres de courses qui donnaient aux corsaires l'autorisation de combattre pour le roi. Ils obéissaient à leurs lois particulières. Ils finirent, pour la plupart, pendus aux potences de l'Ancien et du Nouveau Monde. Pour ceux qui seraient curieux de pénétrer plus avant dans les mœurs déplorables de ces aventuriers, outre les Mémoires d'Œxmelin et de Raveneau, je citerai particulièrement :* La vie des Pirates Anglais, *du capitaine Charles Johnson, dont il se fit une réédition en* 1919, *je crois, et pour laquelle, j'écrivis une préface.*

2° *Les récits de* L'Etoile Matutine *contiennent quelques termes d'argot des malfaiteurs de ce temps. Il n'est pas surprenant que ces hommes fissent emploi de ces mots. Selon leur origine, le langage des bas-fonds de la société du* XVIIIe *siècle leur était familier. C'est pourquoi, je donne la traduction de quelques termes qui pourraient sembler obscurs à des lecteurs peu avertis de la sémantique de la pègre :*

un mion : c'est un enfant.
icicaille : c'est ici,
le larton : c'est le pain,
une marque, une ponisse : c'est une fille de mauvaise vie,
un fanandel : c'est un compagnon,
le Glier : c'est le Diable,
un narquois : c'est un soldat.

Tels sont les quelques mots d'argot anciens contenus dans ce livre et qui peuvent déconcerter le lecteur. Ces emprunts au langage des malfaiteurs ont été faits dans les textes de l'époque. A ce sujet voir : Le Vice Puni, *de Granval. Pour l'étude de l'argot, le meilleur ouvrage est celui de L. Sainéan, paru en trois volumes à la librairie Champion.*

3° *Quelques phrases en italique peuvent également sembler hermétiques. Elles sont écrites dans le langage particulier aux mariniers de la mer méditerranéenne : un mélange de provençal et d'italien. On en trouve des traces dans un livre très curieux qui parut en* 1630 *et dont plusieurs chapitres sont consacrés à la vie des comites (gardiens chefs) et des forçats à bord des galères royales, dont la disparition était récente dans le temps où se déroulait l'histoire des hommes de* L'Etoile Matutine.

Ce livre intitulé : Les Confessions de Jean-Jacques Bouchard *fut édité par Isidore Liseux en* 1881 *sur le manuscrit original. Cet ouvrage est assez rare et contient des détails curieux sur l'existence de la chiourme (ensemble des galériens).*

4° *A bord d'un navire, naviguant sous le Pavillon noir à tête de mort, les équipages appartenaient à toutes les classes dangereuses de la société : matelots et soldats déserteurs. Des hommes, qui ne manquaient pas d'une certaine éducation et d'une authentique culture intellectuelle, en firent partie. Les biographies du Capitaine Johnson et, mieux, le parti que sut en tirer ce grand historien des sociétés d'exception que fut Marcel Schwob peuvent en apporter de saisissants témoignages. Mais, en général, les gentilshommes de fortune furent des assassins qui ne respectaient aucune autorité régulière. Cruels et naïfs, ils étaient superstitieux et ne juraient que sur la Bible. Les hommes ne se transforment que dans le pittoresque de leurs ajustements.*

DOCUMENTS

considérés comme des livres didactiques nous prépareront plus normalement aux surprises de la prochaine guerre que les livres de Charles-Louis Philippe, par exemple, ou de ses disciples.

Il ne faudrait pas, toutefois, exagérer en librairie la réimpression des livres d'aventures qui furent écrits par de véritables aventuriers. Donner un coup de poing et faire saisir à un tiers les beautés du coup de poing donné sont deux choses différentes. Œxmelin, le captain Johnson qui écrivit la *Vie des Pirates anglais* et Raveneau de Lussan ce garde-française passé par humeur à la mer ne sont que des écrivains documentaires. Ils n'émeuvent pas et n'ont jamais su retenir les détails essentiels qui font l'atmosphère d'une histoire aussi inquiétante que celle dont ils furent les héros. L'amour de la botanique est chez eux au moins égal à celui de l'or et la seule conviction que l'on puisse acquérir dans leur fréquentation, c'est que les soldats espagnols de cette époque se rendirent célèbres par leur couardise inconcevable. Je pense que les troupes espagnoles en garnison au Mexique devaient être recrutées parmi les indigènes.

Et pourtant ces associations internationales d'aventuriers protégés par la France et l'Angleterre pouvaient offrir un champ unique d'observations pour un poète. Il faut chercher leur âme véritable dans les chansons des galères que l'on retrouve dans les *Confessions* de Bouchard et dans les recueils de chansons du XVIIe siècle comme la *Caribarye des Artisans*, ou le *Thrésor et Triomphe des plus belles chansons* (1624) dans lequel Pierre de Blaty, natif de Cahors en Quercy, chante avec mélancolie :

> L'on m'apprend à écrire
> D'une étrange façon.
> La plume qu'on me donne
> A trente pieds de long.

Marcel Schwob qui savait admirablement digérer ce genre de document, a vu, mieux qu'Œxmelin, ce que pouvait être soit un flibustier, soit un gentilhomme de fortune. Et nul livre d'aventures écrit par un témoin de cette aventure ne peut être aussi exact qu'un livre de Stevenson sur le même sujet, car, par une contradiction des choses d'ici-bas, il n'appartient qu'à certains prédestinés de créer l'atmosphère enveloppant une histoire dont les acteurs, sacrifiant au goût littéraire du temps, ne retinrent que des généralités assez ternes.

PIERRE MAC ORLAN

DU MÊME AUTEUR

Aux Éditions Gallimard

LE NÈGRE LÉONARD ET MAÎTRE JEAN MULLIN, *roman.*

LA CAVALIÈRE ELSA, *roman.*

LA VÉNUS INTERNATIONALE suivi de DINAH MIAMI, (édition définitive 1966), *roman.*

LE CHANT DE L'ÉQUIPAGE, *roman.*

LE QUAI DES BRUMES, *roman.*

VILLES (édition définitive 1966), *mémoires.*

LE PRINTEMPS, *essai.*

LA BANDERA, *roman.*

QUARTIER RÉSERVE, *récit.*

RUES SECRÈTES, *documents.*

MASQUES SUR MESURE (édition définitive 1965), *essai.*

LE CAMP DOMINEAU, *roman.*

LE BAL DU PONT DU NORD suivi de ENTRE DEUX JOURS, *roman.*

FILLES, PORTS D'EUROPE ET PÈRE BARBANÇON (MADEMOISELLE BAMBU), *roman.*

SOUS LA LUMIÈRE FROIDE, *roman.*

LA CLIQUE DU CAFÉ BREBIS suivi du PETIT MANUEL DU PARFAIT AVENTURIER, *essai.*

LES DÉS PIPÉS OU LES AVENTURES DE MISS FANNY HILL, *roman.*

CHANSONS POUR ACCORDÉON

LA LANTERNE SOURDE (nouvelle édition augmentée 1982), *souvenirs.*

POÉSIE DOCUMENTAIRES COMPLÈTES (nouvelle édition augmentée, 1982)

LA TRADITION DE MINUIT, *roman.*

LE MÉMORIAL DU PETIT JOUR, *souvenirs.*

MALICE. LES JOURS DÉSESPÉRÉS. LES SOLDATS. LES VOISINS, *nouvelles.*

LA PETITE CLOCHE DE SORBONNE, *essai.*

LE RIRE JAUNE suivi de LA BÊTE CONQUÉRANTE, *roman.*

MÉMOIRES EN CHANSONS

LA MAISON DU RETOUR ÉCŒURANT (édition définitive 1970), *roman.*

Impression Bussière à Saint-Amand (Cher),
le 14 juin 1983.
Dépôt légal : juin 1983.
Numéro d'imprimeur : 303.

ISBN 2-07-037483-1./Imprimé en France

32024.